AF599803

¿MARTINA?

Rubén Blasco

Aliarediciones

© Rubén Blasco
© ¿Martina?
© ALIAR 2015 Ediciones S.L.

Corrección: Inés González Calo
Diseño de cubierta: Jaime Galisteo
Maquetación: Aliar Ediciones

Depósito Legal: GR 451-2025
ISBN: 979-13-87590-83-3

Impreso en España

Edita
ALIAR Ediciones
www.aliarediciones.es
info@aliarediciones.es

La reproducción total o parcial de este libro, por cualquier medio, no autorizada por los autores y editores, viola los derechos reservados y las leyes sobre la propiedad intelectual.
Cualquier utilización debe ser previamente autorizada.

¿MARTINA?

Rubén Blasco

Dedicado a mis padres que, inconscientes
del efecto prodigioso que tendría sobre mí
el resto de mi vida,
me llevaron a ver la ópera de La Flauta Mágica
del maestro Wolfgang Amadeus Mozart
cuando yo tenía tan solo diez años.

Reina de la Noche:

¡La venganza del Infierno hierve en mi corazón,
muerte y desesperación arden a mi alrededor!
Si Sarastro no prueba de tu mano
el dolor de la muerte
ya nunca jamás serás hija mía.
Repudiada serás,
abandonada por la eternidad entera,
destruidos quedarán por siempre
todos tus lazos con la Naturaleza,
si Sarastro no expira por tu mano.
¡Escuchad, Dioses de la venganza!
¡Escuchad el juramento de una madre!

Der holle rache (aria de la Reina de la Noche)
La Flauta Mágica
Wolfgang Amadeus Mozart

Jueves 3 de abril de 2025. 22:28 horas

La luz le molestaba incluso a través de los párpados cerrados. Tenía la sien hinchada y palpitante. Una superficie fría y resbaladiza acariciaba su espalda. En su cabeza, empezó a sonar un zumbido que le hizo abrir los ojos y levantarse de un salto al recordar dónde estaba. Era atrayente, como los acordes de violín en el inicio de su querida aria de la Reina de la Noche en *La flauta mágica*. Miró su mano tras palpar la herida de la cabeza. No sangraba. Volvía a estar vestida; el top mostaza ajustado de escote de pico y espalda desnuda, el pañuelo de seda, la falda negra, el bolso e incluso las playeras blancas. Todo menos la rebeca de punto. Las saetas de su reloj marcaban una hora más desde la cita con el cachas calvo y bajito. Rebuscó en el bolso. El cuchillo seguía ahí. En el dedal no quedaba apenas veneno. Todo eran espejos y pasillos de cristal a su alrededor. La había traído al laberinto.

Cuando estuvo aquí el día que empezó todo, no lo recordaba ni tan angosto ni tan deslumbrante. Su padrastro, el doctor Alfredo Santos, solía decir que algunas segundas partes sí eran buenas, como ese segundo matrimonio suyo y la película *Superman 2*. Se sabía los diálogos de memoria. Muchos domingos después de comer ponía el DVD y sentaba a Martina a su lado, abrazándola, solo si su madre estaba delante, como si fuera un padrastro ejemplar. La parte favorita del doctor —y solo por eso la que ella más odiaba— era la de los malos confinados dentro del espejo dando vueltas a la deriva en el espacio hasta que se rompía y quedaban libres.

Ahora, en este laberinto, en el que no sabía en qué dirección moverse, cuyo suelo de goma negra salpicado de puntos blancos se reflejaba también en el techo de espejos, se sentía como si fuera uno de aquellos tres villanos. Todo era tan caótico como lo recordaba. Su imagen se reflejaba desde todos los ángulos posibles igual que si estuviera en un caleidoscopio. Dio dos pasos con los ojos entrecerrados y los brazos estirados para tantear. Y entonces sonó aquella voz, sin dirección aparente, como si le hablara desde fuera del espejo de *Superman 2*.

—Has tardado en despertar, empezaba a preocuparme.

No contestó, solo miró en todas direcciones por si podía adivinar su figura en algún reflejo. Tras un minuto de silencio que le parecieron veinte, contestó con toda la sensualidad que pudo sacar de su cansado espíritu.

—Sabes que no voy detrás de nadie excepto para una cosa.

—Siempre me siento especial contigo —contestó—. Y tú, Marina, ¿te sientes especial conmigo?

—¿Te suena? —dijo sacando el cuchillo del bolso—. Escribiré con él mi nombre en tu pecho para que no vuelvas a decirlo mal.

Cada vez que giraba la cabeza, veía su propia figura moverse en muchos ángulos distintos. Delante estaba de espaldas, al lado de frente, a sus flancos desde todas las posiciones de las saetas del reloj. Tocó un cristal que no reflejaba nada. Tanteó a su derecha. Un espejo le devolvió su imagen. Llegó incluso a asustarse porque no parecía ella misma. Además de que volvía a verse como un chico, tenía la cara hinchada, los ojos enrojecidos, el rímel dibujaba sombras fantasmales bajo sus ojos, el moño hacía equilibrios en un lado de su cabeza.

Una figura con chaqueta canadiense de esas de cuadros rojos y negros se deslizó por detrás de ella y sintió cómo le tocaba el hombro, catapultándole el corazón. Cuando volteó, ya no estaba. Aquel escalofrío paralizante volvió a recorrerle la espalda. Pasos sordos sobre el suelo de goma desaparecieron hacia su izquierda. Corrió en esa dirección. Otra sombra atravesó su campo visual hacia la derecha delante de ella, de adelante atrás al mirar a su izquierda, luego se desvaneció, ella aceleraba el paso y la volvía a ver delante, saltaba a un lado y le aparecía detrás. Cerró los ojos tratando de escuchar. Los pasos y voces procedían de todas partes. De nuevo un toque, esta vez en la espalda. Detrás vio la imagen de su padrastro, mirándola con esa sonrisa macabra que ponía antes de violarla. Gritó, saltó hacia atrás, la imagen hizo lo mismo, cayó al suelo, se levantó a toda velocidad y volvió a mirar con el puño en alto para dar un puñetazo con todas sus fuerzas a lo que fuera que tuviera delante.

—Da la cara, desgraciado —dijo con toda la convicción que pudo simular. En su interior estaba aterrada, como hacía trece años.

—No soy como esos pringados a los que matas, Marina.

—¡Deja de llamarme así!

Siguió andando, en desventaja, por los recuerdos en los estrechos pasillos, tratando de encontrar la voz. A pesar de que ya había recuperado gran parte de sus facultades, aún estaba algo aturdida por el golpe. Se puso el dedal. Quedaría al menos suficiente sarín como para dejarlo atontado y hacer lo que quisiera con él. Que la hubiera traído aquí le parecía ahora lo mejor que podría haber ocurrido, la última de las liberaciones, la Reina de la Noche si hubiera matado a Sarastro y recuperado el disco solar, la villana de *Superman 2* cuando se rompe el espejo y libera su poder.

Un calor muy placentero empezó a subir desde sus pies solo de imaginar cómo tantos espejos iban a reflejar la sangría. Dio una patada a uno de ellos, como Bruce Lee en *Operación Dragón*, pero era templado y no lo habría roto ni con un martillo. Continuó caminando entre sus propios reflejos y los del doctor. Era imposible que fuera él. ¿Y si su madre le había mentido? Podrían ser nada más que imaginaciones suyas. Ahora volvía a ser aquella niña. Llevaba años ensayando el asesinato de su padrastro, el que tanto le habría gustado cometer en realidad. Y, sin embargo, ahora que le tocaba enfrentarse a él, volvía a temblar, impotente. Aunque hubiera estado en mitad del desierto, se habría sentido acorralada en una esquina.

—Qué buenos recuerdos me trae este sitio —dijo la voz enlatada.

Tiró el bolso al suelo. De nuevo, imágenes del doctor parecían mezclarse con las suyas en un mosaico de reflejos danzarines. Ahora se añadía el del arma en su mano, tan afilado como el día que lo encontró en el estudio. Caminaba descalza por el suelo de goma lista para atacar. El dedal tintineaba en los cristales cada vez que se apoyaba. Igual que habrían hecho sus dieciocho adornos del colgante de pandora si no hubiera llevado puesto el pañuelo de seda morado de su madre. Alguien la volvió a tocar por detrás y giró dando un tajo al aire. Nadie. A su izquierda vio la chaqueta de cuadros desaparecer tras una esquina y su reflejo se alejó en dirección contraria. Corrió hacia ahí. Lo vio delante a tan solo un metro y se abalanzó sobre él, el cuchillo rebotó sobre el espejo. La voz volvió a sonar desde ninguna parte.

—No te podías creer lo que te estaba haciendo.

Llovía a mares en su interior, una lluvia fría envuelta en viento que no la dejaba respirar bien. Quería correr. La voz no dejaba de recordarle cosas que solo ella y él sabían. Las amenazas para no decir nada a su madre, los golpes, la tortura psicológica, la hipocresía. La voz se volvió múltiple al igual que los reflejos, parecía un eco rebotando sin parar. También los toques que recibía, unas veces en el hombro, otras en la espalda, el trasero, la cabeza... hasta que, como el día que empezó todo, alguien la agarró por detrás. Una mano le tapó la boca y la levantó en el aire. De nuevo el roce de la alianza en los labios, el olor a hamburguesa con queso en los dedos y la respiración jadeante. Y volvió a oír aquellas palabras.

—Por fin.

Dos meses antes

Pasaba perfiles en la pantalla, buscando al tío más parecido a su ya difunto padrastro. Sus dedos jugueteaban junto al teclado con el dedal. Fue un regalo de su madre junto con un set básico de costura un día antes de entrar en la cárcel. Jamás tocó ese set. Odiaba coser. Había taladrado un fino agujero en la parte donde el dedo hace tope y montado dentro un pequeño depósito de goma de quince mililitros con un punzón hueco. Al clavarlo, el contenido se inyectaba.

Se lo dio dentro de una caja de zapatos junto a otras pertenencias familiares. Como un pañuelo de seda morado que su madre guardaba solo para las ocasiones especiales. Un reloj antiguo de su padre biológico de esos típicos de cuerda, con saetas y carcasa doradas, fondo blanco y números romanos en negro. Un bolígrafo, un imán de nevera y un pin del

Parque Nacional de Ordesa de un viaje que hicieron los tres. Un sobre cerrado con fotografías de la que ella llamaba su familia de verdad y de la segunda. Aunque no llegó a tirar ese sobre a la basura, tampoco se atrevió a abrirlo nunca. Y un colgante de Pandora con un único adorno, el último regalo de cumpleaños por parte de su madre. Ese ya no estaba en la caja. Ahora siempre lo llevaba puesto y, a sus diecinueve años, ya tenía en él diecisiete adornos. Pronto, dieciocho. De todos los objetos, uno era diferente, el único que consideraba extraño; un cuchillo de cocina idéntico al usado para degollar a su padrastro. Estaba en el cajón de la cocina cuando vino a vivir del internado de menores al cumplir los dieciocho. Lo escondió nada más verlo.

El dedal era lo único que metía y sacaba de aquella caja, pero solo cuando lo iba a usar con una de sus víctimas y, como ahora, cuando se ponía a buscarla. Y todo apuntaba a que sería pronto. Uno de los usuarios de la página de *Sugar Daddies* le habló. Soltó el dedal, que rodó despacio hasta el cuaderno como una moneda, y empezó a acariciar los adornos de su colgante uno por uno.

«Hola, guapa, me encantan tus fotos, ¿nos vemos?».

Antes de responder, entró en su perfil, echó un ojo al par de fotos que tenía y la descripción que había puesta.

«Busco amistad con beneficios, cariño y compañía, alguien que se apunte a mis planes. A cambio ofrezco apoyo económico, emocional y mentoría».

No se parecía en nada a su padrastro. Lo veía más como ligue de una noche. Este, aunque atractivo, era calvo y bajito y estaba muy en forma. Su padrastro, el doctor Alfredo Santos, siempre había sido corpulento y fofo para su gusto, el típico cuerpo de sillón. Rubio, de mentón cuadrado y ojos a medio camino entre verde y miel. Era un psicólogo de cierta fama y nunca lo vio hacer ejercicio durante el tiempo que estuvo con su madre. No respondió al mensaje de aquel usuario y siguió buscando perfiles.

En su móvil, seguían varios mensajes sin contestar. Uno de Claudia, que le preguntaba si se iba con ella al centro comercial para comprar alguna camisa para el sábado; otros de Beto, su —no sabía bien cómo llamarlo aún—, rollo o follamigo o lo que fuera, para verse esa noche. No tenía hermanos. Su padre biológico murió en aquel accidente de coche cuando ella tenía solo seis años. Su padrastro, Alfredo, que siempre la llamaba Marina en vez de Martina, ardía casi seguro en el infierno —o por lo menos lo vio arder bien aquel día en la incineradora— y su madre ya llevaba más de nueve años encerrada en Soto del Real y todavía estaría unos cuantos más.

Pronto localizó un perfil muy parecido al de aquel cabrón. Cuarenta y seis años, rubio, alto, fuerte, con mentón de Buzz Lightyear. Y tenía los ojos claros. «Se nota de lejos que la foto está manipulada, pero al menos lo ha hecho de forma profesional», pensó. Siempre le quedaba la duda de si era una foto real, que en esas plataformas pocos eran los honestos —ella era una de esas personas— que ponían su foto real sin filtros ni manipulaciones. Más aún desde lo que pasó con el padre de Claudia. Aunque con esa piel que tendía con naturalidad al anaranjado tailandés, el pelo rubio oscuro y ondulado y los ojos grises tan claritos que, por lo que le decía Beto, llegaban a dar miedo según cómo lo mirase, no le hacía falta realzar su belleza egipcia de ninguna manera. Decidió saludar al tipo por el chat, cuyo alias era Félix Asecas y decía ser dueño de una empresa de diseño gráfico:

«Hola guapo» escribió. Se dejó adrede la coma del vocativo porque a muchos hombres les intimidan las mujeres inteligentes y cultas como ella. Tan simple como efectivo, pensaba siempre.

Tardaría un rato en contestar porque no estaba en línea, así que desbloqueó el móvil y respondió a algunos mensajes. A Claudia le dijo que sí a su petición de quedar para estudiar toda la tarde del jueves después de clase, pero mejor dejar las compras para otro día y a Beto le dijo que ya le diría algo para el viernes noche después del examen según cómo le hubiera ido.

El estudio de Martina estaba en Ciudad Lineal. Era pequeño y caro. Gracias a la web de los *Sugar Daddies*, a la paga del gobierno por orfandad y a algún trabajo esporádico de camarera vivía con cierta comodidad. De vez en cuando, también vendía las pastillas del psiquiatra. Antidepresivos, ansiolíticos, somníferos y un largo etcétera que casi nunca necesitaba tomar. Con varios espejos colocados de forma estratégica, había conseguido también crear la ilusión de más espacio. Miró su reflejo en el de la pared, sonrió e hizo un guiño a su imagen. Hoy se veía muy femenina. Arqueó la espalda, levantó el pecho y decidió servirse un vino. Se levantó de su silla de *gaming*, apartó el biombo que hacía de separador entre la cocina y el salón-dormitorio y abrió la nevera en la que había poco más que un par de botellas de vino blanco chacolí. Antes de que el nivel llegara a la mitad de la copa, sonó una notificación de mensaje en el *laptop*. «Adorno número dieciocho, allá vamos».

Apuró la copa mientras imaginaba en qué momento le clavaría el dedal a este. Empezaron a hablar y, tras unas breves presentaciones, él tardó muy poco en pasar a la parte sexual. No solo le siguió el rollo, sino que lo alimentó con toda clase de fantasías de esas que los hombres piensan que tienen todas las mujeres. Dominación, sexo duro, violaciones en sórdidos y oscuros lugares... Cuánto daño ha hecho *Cincuenta sombras de Grey*, pensaba siempre, sobre todo a los hombres. Aunque ella sabía que a su amiga Claudia le molaba ese rollo porque siempre se quejaba de que nunca encontraba a nadie que se lo hiciera así. Muchas veces estuvo tentada de hablarle de este tipo de webs. Después recordaba lo que pasó con su padre y no decía nada.

Apenas diez minutos después de haber empezado a hablar, se intercambiaron los usuarios de *Telegram*. Él le pasó unas cuantas fotos semidesnudo y simuló excitación con cada una de ellas. Félix Asecas le pidió fotos. No cedió. Aún no. Le preguntó si tenía algún tipo de fetiche con respecto a la ropa, si quería que llevase lencería especial o alguna prenda concreta. Tras un par de minutos en el que el chat mostraba «escribiendo...» de forma intermitente, el tipo contestó que le gustaban mucho los top deportivos de color rosa que algunas chicas de su gimnasio llevaban. Intercambiaron algo más de información acerca de gustos sexuales y Félix le propuso un encuentro para el día siguiente. Se levantó y se miró en el espejo de perfil, arqueó la espalda y observó la serpenteante curva que iba desde su nuca hasta el lumbar, los pelos alborotados que tenía hoy, que le daban un aire muy sensual, y que los labios le brillaban aún sin haberse puesto bálsamo. Cuando tuvo bien pensada la respuesta que darle y después de ver que no se había desconectado en ningún momento, contestó:

«Claro amor estaré encantada de que nos veamos, pero vas a tener que esperar al sábado porque tengo un examen el viernes».

Félix Asecas decía estar muy ansioso y que no podía esperar tres días. Ahora sí era el momento de mandar algunas fotos. Lo citó directamente para follar tras haber acordado una suma de doscientos euros a ingresar en un perfil de Paypal —que se había hecho con la identidad de su primera víctima usando monederos virtuales, VPNs y *emails* desechables—, en una calle peatonal muy estrecha y que hacía varios ángulos entre edificios, por lo que la luz no solo era más bien escasa, sino que apenas pasaba nadie.

Se despidió con un beso, Martina con una sonrisa vergonzosa. Sonrió levantando solo un lado de los labios y lanzó un beso ficticio a la pantalla. Si Felix Asecas estaba ansioso, ella todavía más. Los planes que tenía eran muy diferentes a los que había hecho imaginar a aquel hombre que tanto se parecía al doctor Alfredo Santos. Cerró el *laptop*, volvió a llenar la copa —se prometió que sería la última o si no cualquiera estudiaba— y se puso a repasar el examen de Cultivos celulares que tenía el viernes.

Viernes 21 de febrero de 2025

Los días pasaron lentos en la *uni*. Sobre todo el jueves, porque no podía negarse a estudiar esa noche con Claudia a pesar de tener la cabeza en su plan del sábado. Pasó el examen del viernes respondiendo mal u omitiendo a propósito una cuarta parte de las preguntas y le dijo a Beto que fuera a casa por la tarde, pero que no se quedaría a dormir porque estaba cansada y quería estar sola y descansar bien.

Ya le debía faltar poco para llegar. Cuando quedaban aquí en su casa, él siempre llegaba antes de la hora. Muy pocos, solo aquellos que se lo podían permitir por ser de buenas familias, vivían solos. Le ofrecieron muchas veces vivir en pisos compartidos y siempre se negó. Ya pasó bastante tiempo en el internado compartiendo habitaciones, baños, cocinas y todo lo que había ahí como para seguir soportándolo. Hoy era uno de esos días, cada vez eran más, en los que se veía en el espejo con rasgos masculinos en vez de femeninos. La mandíbula más cuadrada, los hombros más anchos, el pecho casi plano a pesar de tener una talla ochenta y cinco, pómulos y cejas más prominentes, las facciones más rudas. Hasta su voz la oía más grave. Lo más extraño era que, cuando le pasaba eso, sentía también cierta atracción por las chicas. Nunca había estado con una, ni se lo había planteado. Eso no era problema, la mitad de la gente de su edad era bisexual o no les importaba probar. Tampoco a ella, aunque no por ahora. El problema era que los días que se veía así, los chicos no la atraían tanto. Ya le costaba simular orgasmos estando con alguien a quien no fuera a matar —desde hacía tiempo solo llegaba en el momento de matar a sus víctimas o, alguna vez, ella sola— como para encima no mojarse, solo para parecer una joven normal.

Sonó el timbre y le pareció que temblaba el espejo. Volvió a mirarse, no dejaba de verse con rasgos masculinos, se pellizcó las mejillas y descolgó el telefonillo, que ya sonaba por segunda vez. Abrió el portal y, sin acabar de escuchar lo que decía Beto, colgó y dejó la puerta del estudio entreabierta. Al minuto, entraba con una botella de chacolí de su marca favorita.

—Hola..., Martina.

Vio cómo su boca frenaba alguna palabra como *cariño*. Ya lo habían hablado más de una vez. Por más que él quisiera ir más allá de una amistad sexual, ya le había dejado muy bien marcados unos límites de los que no quería pasar.

—Hola, Uruk, ya tardas en abrir esa botella —dijo con un guiño mientras iba a la cocina a por dos copas.

Cuando lo trataba así, veía cierto dolor en sus ojos por la distancia marcada. También relajación y alivio. Al menos durante esa cita. Justo lo que ella quería. Necesitaba contacto con la realidad y a ella Beto le gustaba lo suficiente. Era algo más bajito, de pelo moreno y abundante, rapado por los laterales. Los ojos también los tenía negros y la piel muy morena. Todos sus familiares eran como harina excepto él. Una vez Beto le contó entre risas que su madre nunca había sido infiel a su padre, que esa apariencia suya la había heredado de un bisabuelo materno que era de Uruguay. Su bisabuela, malagueña de nacimiento, huyó ahí tras la Guerra Civil y volvió casada y con hijos. De ahí el mote de Uruk.

—¿Cuál vemos hoy? —dijo Martina.

—Elije tú, que siempre elijo yo —contestó dando un gran trago.

Los dos eran fans de Rick y Morty, él más que ella, así que eligió volver a ver el capítulo de los universos paralelos porque sabía que a Beto le gustaba mucho. Sacó del armario unas palomitas de microondas. Él puso el capítulo en la cuenta de HBO de su padre y cuando los pop-pop-pop disminuyeron a menos de uno por segundo, forzó la ruleta para apagar el micro y se tumbaron en la cama con la bolsa entre las piernas de ambos. No tardó en poner la mano sobre su muslo desnudo y a acariciarla solo con la punta de los dedos. Echó un vistazo a los espejos. No solo servían para dar ilusión de espacio. Podía verse a sí misma en diferentes ángulos mediante los reflejos que hacían también los unos sobre los otros. Podía verse desde ambos lados y desde un ángulo picado con el espejo inclinado del biombo de la cocina. Ahí le pareció por un momento ver a dos hombres tumbados en la misma cama mientras la mano de uno ya llegaba al interior del muslo del otro. Vio el bulto creciente en el pantalón de Beto y puso su mano sobre él. No estaba dura del todo aún. «¿Será muy descarado si en vez de mirarlo a él miro al espejo todo el rato?». Le excitaba verse. A veces hasta ponía el espejo frente a ella en la cama las escasas veces que se masturbaba. Más de una vez pensó en proponérselo. Quizá lo hiciera hoy. Él también se miraba y seguro que accedía. Metió la mano dentro de sus pantalones, ya la tenía dura del todo y la punta mojada. Empezó a frotarla con el dedo pulgar. Beto cerró los ojos y soltó un suave gemido. Volvió a mirarse en los espejos. Le empezaba a gustar este rollo entre chicos.

Apartó el ordenador de una patada hasta los pies de la cama y se sentó sobre él. Bajó sus pantalones y vio cómo la miraba. Si lo hubiera besado en ese instante, él se habría pensado que eran algo más que follamigos, así que lo hizo de forma brusca mordiéndole el labio inferior. Que él tuviera la punta tan viscosa le sirvió para disimular que apenas se había mojado. Se le ocurrió una idea que lo dejó con cara de intriga. Levantó las piernas de Beto y las abrió como si fuera la chica, se puso de rodillas frente a él tal como si fuera el chico, luego cogió su polla y la metió forzada hacia abajo. Beto hizo un ademán de cara de dolor. Expresión que enseguida desapareció cuando Martina empezó a moverse adelante y atrás como si fuera ella la que se lo estuviera follando. Y en realidad era así. Pese a sus continuas miradas de extrañeza, acabó por ignorarlo sin apartar la vista de sus reflejos. Su éxtasis no dejaba de crecer. Beto volvió la cara al techo con los ojos cerrados cuando aumentó la velocidad de sus caderas. En todos los espejos de la habitación, desde ambos laterales y desde arriba, vio sus imágenes en movimiento rodeándolos como si fuera una orgía solo de hombres. Y se mojó. Estaba tan sorprendida que apenas se dio cuenta de que Beto la avisaba de que ya iba a terminar. Los anticonceptivos eran la única medicación que tomaba con regularidad como precaución extra pese a que él siempre se corría fuera. La sacó y de la fuerza con la que estaba doblada hacia abajo dio un golpe contra el vientre de Beto salpicándose a sí mismo por vientre y pecho. En el espejo, le parecía que ella misma estaba eyaculando sobre él. Y un orgasmo la inundó.

Sábado 22 de febrero de 2025

Recogió bien su pelo en un moño para evitar pruebas en la escena del crimen. No se molestó en depilarse ni ducharse demasiado bien para encontrarse con Félix Asecas. Tampoco lo hizo el día anterior para verse con Beto —aunque nunca se había quejado al respecto—. Llegó media hora antes para asegurarse de que no habría gente por la zona. Si no, tendría que llevárselo a otro sitio o abortar el plan. No sería la primera vez que simulaba un plantón por eso. El hombre también llegó antes de lo previsto. Lo vio asomarse al callejón. Tras él, la luz de la calle principal recortaba una silueta oscura que coincidía con la foto que tenía puesta en el perfil. Ella puso esa sonrisa que sabía poner, inocente y pícara al mismo tiempo. Cruzó los brazos bajo los pechos para marcarlos bajo el top rosa deportivo, haciendo que el collar de Pandora cayera tintineante hasta el inicio del escote. Si fuera por ella, se habría puesto su favorito, el mostaza ajustado con escote de pico y espalda desnuda. Nadie se resistía a ese. Félix

Asecas también le había pedido ponerse una falda, pero, para lo que tenía planeado, necesitaba unos pantalones con bolsillo atrás, así que no le concedió ese capricho. Al verlo de cerca, la sonrisa se le borró, sus vellos se erizaron y le recorrió un ligero escalofrío por la espalda, uno que tenía bien grabado en la memoria y que hacía muchos años que no sentía. Este tipo llevaba una chaqueta estilo canadiense de esas de cuadros rojos y negros que le recordó a la que llevaba el doctor Alfredo Santos el día que la violó por primera vez. Quizá Felix le traería la forma de vivir aquel gran placer que le quitó su madre. Al menos según la versión oficial. Nunca llegó a recordar bien aquella noche.

—¿Martina? —dijo el hombre con voz temblorosa tras su travesía por el callejón oscuro.

—Por fin, pensé que no llegabas, cielo —reprochó con un levantamiento de ceja y volviendo a simular su ensayada sonrisa.

—Cómo me gusta tu boca... —contestó sin prestarle atención.

Martina tenía una de esas bocas que sobresalen un poco por tener dentadura algo prominente y que había aprendido a disimular sonriendo de tal forma que sus carnosos y rosados labios atraían la atención de cualquiera.

—Primero el pago.

—Sí... claro... doscientos, ¿no?

—Eso es —contestó sin quitar ojo de la pantalla.

El hombre seleccionó su cuenta de Paypal, había una foto de ella con diez años que se hizo con el móvil de su madre el día que acabó todo.

Llegó el *email* de confirmación, el hombre se guardó el teléfono en el bolsillo y se abalanzó sobre ella, dejándose aplastar contra la pared entre dos cubos de basura. Comparaba los arañazos que los ladrillos negros le estaban haciendo en la espalda con la mano de su padrastro ahogándola y asfixiándola contra la almohada y esto le resultaba hasta placentero. Él comenzó a morderle el cuello. Su incipiente barba le rasgaba la piel. Puso la mano en su entrepierna para distraer la atención de la baba que ya empezaba a escurrir hacia la clavícula. Tenía un cuerpo atlético a pesar de todo y la polla bastante grande. Quizá sí se dejaría violar esta vez. Le desabrochó los pantalones, se agachó, tuvo que esforzarse en disimular la cara de asco que le produjo el olor de sus testículos, cerró los ojos, se la metió en la boca, sabía salado también por el sudor, se esforzó por disimular las arcadas, el hombre gemía intentando controlarse. Que alguien pudiera perderse por ese apartado y oscuro callejón y pillarlos la hizo excitarse un poco. El tipo terminó antes de lo que esperaba y lo miró a los ojos para tratar de distraer aún más su atención. El hombre tenía los ojos cerrados y la boca abierta, como su padrastro aquella noche mientras ella lo observaba dormir desde la puerta del cuarto, sujetando el cuchillo de cocina aún sucio de la cena.

—¿Eso es todo, cielo?

Él la levantó por las axilas con una mueca de torero. Le costó mucho no partirse de risa al verlo. Se quejó de que no se hubiera puesto la falda tal como le había pedido, porque no podía follársela en volandas contra la pared, así que Martina bajó sus pantalones, dejando solo sus nalgas al aire, y se apoyó contra el muro. Aprovechó este momento para sacar el dedal y ponérselo en el dedo corazón de la mano derecha. Él mismo se puso el condón a tal velocidad que apenas pasaron segundos desde que oyó romperse el envoltorio hasta que se la metió sin delicadeza alguna. Esta vez fueron sus mejillas las que notaron la aspereza del ladrillo. Recordó cómo el doctor Alfredo Santos le tapaba la boca con la mano y con la otra le arrancaba las braguitas, la cara de horror contenido que ponía su madre al bañarla y ver los moratones en muslos y brazos y arañazos en la zona de la cadera y luego no dijera nada y la metiera en la cama con un beso en la frente. La brutalidad con la que se la estaba follando no era nada comparado con todo eso y ella fingía un orgasmo tras otro, haciendo que el hombre se relajara en su soberbia.

Felix Asecas redujo el ritmo y empezó a respirar de forma acelerada. A ambos les temblaban las piernas. Ese era justo el momento. Un punto de calor especialmente intenso empezó a crecer en su bajo vientre, él jadeaba cada vez más rápido, y justo antes de que explotara por todo su interior hacia el cerebro y nublara toda su existencia, le clavó el dedal en la yugular con tremenda precisión que ya tenía bien ensayada, entre gemidos, justo en el momento en el que él se corría por segunda vez. Sus piernas temblaron y cayó de rodillas extasiada, dejándose arrastrar por la sensación de intenso éxtasis que casi la tenía aniquilada. «Muere, maldito doctor». Félix Asecas se tambaleó hacia atrás con expresión de haber encontrado un huevo de Fabergé. Ya no podía articular palabra. Cayó de rodillas, tosió espuma por nariz y boca, sus ojos se inundaron y enrojecieron y dio de bruces contra el suelo, con las dos manos sujetándose el pecho.

Cuando la policía apareció en casa del doctor Alfredo Santos, encontró a su madre paralizada, sujetando el cuchillo de cocina aún sucio de la cena, sobre una cama empapada en sangre fría y seca. Martina observaba desde la puerta, agarrada a la pierna del policía que con la mano izquierda le impedía la entrada. Les mintió, tuvo que decir que se habían oído gritos en el cuarto y después silencio. Al detective le dijo que su padrastro la violaba y su madre lo sabía.

Y ahora, con Félix Asecas tirado a sus pies, solo podía pensar que esta era, con diferencia, la vez que más se había acercado a sentir aquel gran placer que le arrebató su madre. La policía no la buscaba a ella, sino a un hombre que se hacía pasar por una niña de diez años con un perfil falso de Paypal al que apodaban El Cazapederastas. Lo que le resultaba más gracioso era que no solo le atribuían sus asesinatos, también otros seis de chicas de Madrid alrededor de los veinte. No le importaban. Ella siempre había sido así, su padrastro tan solo la ayudó a sacar lo que realmente llevaba dentro. Cogió varias toallitas húmedas del bolso y se limpió bien. Esta era la primera vez en su vida que tenía orgasmos dos días seguidos con dos tíos distintos. Volvió a vestirse sin quitar ojo del cadáver de Félix Asecas. Luego le quitó el condón, tratando de dejar la mínima cantidad de semen dentro y fuera de su polla, lo guardó para tirarlo lejos de ahí, le subió y abrochó bien los pantalones y abandonó el callejón despacio, pensando dónde comprar su adorno número dieciocho.

Lunes 24 de febrero de 2025

Despertó pensando que había un montón de gente en su habitación. Cogió la libreta de la mesilla donde apuntaba siempre aquel sueño recurrente. A veces los leía y comparaba las pequeñas diferencias que había entre unos y otros. Sus pesadillas no iban sobre las violaciones del doctor Alfredo Santos, sino sobre el accidente del día que cambió todo. Pulsó el botón del boli y apuntó:

«Papá, mamá y yo vamos de nuevo dentro del Seat Altea. Esta vez no vamos a Gandía. No vamos a ninguna parte. Es como si viviéramos dentro de un coche en marcha. Papá lleva una barba muy rara, como de caracoles. Me da miedo. Al igual que aquel día, está amaneciendo. Es un amanecer eterno. La carretera es recta y se pierde hasta el horizonte y a los lados solo hay desierto. Vamos demasiado deprisa. Papá se gira para mirarme sin decir nada. Su barba se mueve. Mamá mira hacia delante y grita. Igual que aquel día, un animal se cruza. Es una mezcla de muchos, como una quimera con cuerpo de ciervo, cabeza de conejo, patas de jabalí y cola de serpiente. Chocamos contra él y todos salimos volando del coche junto con los trozos de animales».

Tuvo que levantarse, secarse un poco el sudor de la frente y hombros, bebió un poco de agua y fue al baño con el móvil. Ya habían dado la noticia de la muerte del hombre del callejón. Su verdadero nombre era Federico Saavedra Schwarzenberger, al parecer de ascendencia venezolana y austríaca, y era padre de una familia con dos hijas, una de ellas de la edad de Martina. Le dio un poco de pena lo perdida que estaba la policía en la búsqueda del asesino. Seguían buscando a un hombre de entre treinta y cuarenta con una gran inventiva para los asesinatos, posiblemente algún exmilitar o mercenario de esos que no paran de moverse por el mundo de guerra en guerra, algo que no encajaba del todo con la forma de matar a sus víctimas, pero que era la única explicación posible para la precisión de la punzada —que no siempre era en el mismo sitio— y para el tipo de veneno que no dejaba ningún rastro. Al principio, pensaban que eran personas que habían muerto por ictus, infartos o alguna cardiopatía parecida. No fue hasta la octava víctima que empezaron a valorar que hubiera un asesino en serie. Todos parecidos físicamente y de edades muy parecidas encontrados en callejones oscuros y apartados. Algunos de ellos con restos de semen en los calzoncillos. Y todos con una punzada en alguna parte de su cuerpo.

Le resultaba extraño que vinculasen los asesinatos de hombres del perfil de su padrastro con los de las chicas jóvenes. Lo normal era que un asesino en serie matara víctimas de un solo tipo y de la misma forma, como Ted Bundy, Jeanne Weber o Aileen Wuornos —por quien sentía especial devoción—. La policía creía que este asesino podría ser la misma persona porque las probabilidades de que fueran dos en la misma ciudad y en la misma época era casi nula. De lo que estaba segura era de que ella no había matado a esas jóvenes. Ese otro degollaba a sus víctimas. Había un sector de la sociedad que apoyaba los actos de ese supuesto cazador de pederastas y estaban seguros de que quien mataba a las chicas era alguien completamente distinto. La otra parte no decía nada. Pensaba Martina que por falta de valor para dar su opinión real. Sonó el despertador del móvil cuando aún lo estaba mirando, salió del baño y se preparó para ir a clase.

Llegó a la universidad mucho antes de que empezaran; apenas había tenido que esperar en las estaciones de bus y metro. Claudia había llegado también, la traía su madre en coche y, como luego tenía que irse a gestionar la empresa que heredó de su difunto marido, siempre llegaba más pronto que los demás y tenía que esperar, así que aprovechaban para desayunar juntas en la cafetería.

—Qué lache das —dijo poniéndose a su lado—, mira que perderte la fiesta del sábado...

—Me encontraba mal, tía, no me quedé contenta con el examen.

—Me lie con Rafa, acabamos en su cama.

—Eres una perra —contestó dándole una palmada en el hombro. Y luego ambas se rieron un buen rato.

Claudia calló y puso una expresión a mitad de camino entre el odio y la tristeza más profundos.

—Ha vuelto a matar a otro —dijo sin pestañear durante más de un minuto. Martina no sabía si los ojos le lloraban por acordarse de su padre o porque estaban secos de tenerlos tan abiertos.

Nunca se lo había dicho a Claudia. En una de esas redes sociales donde buscaba a sus víctimas, encontró a su padre. Y lo recordaba con la claridad del que ve una película en su propia mente.

Septiembre de 2023

Llevaba días buscando en varias páginas al mismo tiempo. En todas las plataformas tenía la misma foto; su cuerpo recortado por el cuello en bikini en una de esas extrañas posturas de la web de Zara. Le escribían muchísimos hombres y tenía dónde elegir. Echó un ojo rápido a los perfiles que le habían mandado solicitudes y puso el aria de *La flauta mágica* de Mozart en la que la Reina de la Noche revela su verdadera esencia. No había conseguido encontrar una mejor ejecución técnica de los agudos que la de la soprano Diana Damrau. Y esa es la que se ponía siempre, incluyendo el texto previo en alemán donde manipula a su hija para que asesine a Sarastro con un puñal afilado por ella misma. Cuando la soprano recitó «No intentes lograr lo que está más lejos del alcance de una mujer», alguien le habló por el chat.

«Hola, soy Miguel, encantado de conocerte».

«Al menos es educado», pensó. Tenía una foto falsa de alguien que se parecía ligeramente al doctor Alfredo Santos; con los ojos de un color distinto, el pelo más largo y un poco de barriga cervecera. Seguramente la foto de algún alemán anónimo.

«Hola guapo», contestó. Al mismo tiempo, la Reina de la Noche ordenaba callar a su hija Pamina diciéndole con gran violencia: «¡Ni una palabra más!». Y los acordes de violín que tanto la extasiaban empezaron a sonar de fondo.

«No pensé que una chica como tú me contestaría».

«Mi corazón arde con toda la venganza del infierno», cantaba Diana Damrau de fondo.

«Eres muy atractivo, ¿por qué no iba a hacerlo?».

«Es la primera vez que hago esto».

«Eso decís todos», pensó, hacía ya tiempo que tenía controlada esa foto. Y no solo en esta plataforma, también en otras. En su interior, una voz decía prácticamente lo mismo que el aria de la Reina de la Noche: «O acabas con Sarastro o no seguirás siendo hija mía». Se sentía manipulada por esa voz como Pamina. Lo deseaba, le gustaba, quería ser manipulada y acabar con Sarastro.

«Yo también soy nueva en esto». Esta era la mentira que mejor funcionaba.

«Abandonada estarás para siempre...» decía la Reina de la Noche, las posibles víctimas siempre se relajaban si veían que ambos estaban al mismo nivel, «...rotos tus lazos con la naturaleza...», pocos novatos eran los que querían una *sugar baby* con experiencia, «...a menos que mates a Sarastro».

La contestación del señor Fuentes fue tan solo de una sonrisa sonrojada. Diana Damrau llegaba al último solo de agudos monosílabos. «Si te parecieras menos al doctor, quizá te perdonaría la vida». Hablaron de sus gustos y a los pocos minutos salió el tema del sexo. El resto fue coser y cantar, aunque odiaba cantar tanto como coser. Ya sabía cómo excitar a un hombre y no le hizo falta esforzarse para que accediera a quedar en un aparcamiento abandonado, cerca del parque de atracciones donde el doctor Alfredo Santos la violó por primera vez. La Reina de la Noche bullía en su interior al mismo tiempo que el aria terminaba diciéndole: «Dioses de la venganza, escuchad la promesa de una madre».

Cuando Miguel cerró la puerta del coche y vio con quién había estado hablando por chat, tuvo una gran decepción. Ahora tendría que luchar de forma casi incontrolable contra La Reina de la Noche. Estaba todavía escondida bajo un árbol, en la sombra que una farola proyectaba. Se propuso con todas sus fuerzas no matarlo y tratar de encontrar a otro desgraciado con el que saciarse. El señor Miguel Fuentes miraba en todas direcciones. Por fin fijó su vista en la única parte que Martina había dejado que se iluminara; sus piernas. Se acercó como lo hace un pájaro a las migajas en la terraza de un bar. Salió de la penumbra dando un paso al frente y el padre de Claudia sonrió con malicia forzada, antinatural. Al ver la cara de Martina iluminada por la suave luz de la farola, Miguel puso un semblante mucho más serio y se paró en seco. Esperó ahí de pie hasta que ella se acercó hasta él sin decir una sola palabra, le puso las manos en el pecho y lo besó. Después lo agarró con fuerza de las solapas de la americana gris cielo y le mordió en los labios. Sirvió para desatarlo y él se lanzó sobre ella. Entraron a la parte trasera del coche y ahí empezaron a follar de forma salvaje. No dejaba de luchar contra el impulso de sacar el dedal. Simuló un par de orgasmos que generaban en el padre Claudia expresiones de asombro y triunfo, cual novato que no deja de dar en la diana en una partida de dardos. Llegaron a tal punto de sincronicidad sexual que ya no pudo controlarse más, un volcán erupcionó en sus entrañas, sacó el dedal y se lo clavó en el cuello. Temblando sin parar, cayó de espaldas en uno de los éxtasis más extraordinarios de su vida. La Reina de la Noche había hablado de nuevo por ella. Y le encantaba.

Lunes 24 de febrero de 2025

—Mi padre no era un pederasta —dijo sacando a Martina de sus recuerdos.

—Lo sé, era un buen hombre —contestó. «Aunque tampoco era inocente del todo».

—A veces me gustaría ser tan fría como tú.

Apretó la carpeta contra su pecho, miró a Claudia con una media sonrisa lo mejor simulada que pudo y entraron juntas al aula. «A mí me gustaría a veces ser tan empática como tú».

4 de marzo de 2025

Hoy le tocaba su visita semanal a la psiquiatra. Volvía a nacer en ella el deseo de arrebatar una vida mientras a ella se la daban a través de un orgasmo. Por eso Beto había dejado de quedar con ella, porque le dijo que era de esos que sí le importa algo la persona con la que está y siempre lo frustraba que Martina los fingiera con él, ni siquiera cuando ponía todo su empeño con la lengua y los dedos. «Tanto mejor, un incordio menos». A la doctora no le contaba nada de eso; tan solo lo que quería oír. Y quedaría perfecto en su historial clínico. Miedo a los hombres, pesadillas imaginarias con las violaciones de su padrastro, odio hacia su madre por no haberla rescatado. Odio también en parte, —y eso no dejaba de ser verdad en una medida que a ella misma le costaba reconocer—, hacia su padre por dejarlas solas a merced de personas como el doctor Alfredo Santos. Insomnio, ataques de ansiedad ficticios, manía persecutoria. Lo único completamente cierto de todo lo que le contaba, y era algo que no podía ocultar porque más de una vez había llegado algo borracha a la consulta, era su excesiva afición al chacolí. Eso y lo de verse en el espejo como un chico. La psiquiatra siempre le decía que no tenía importancia si no le afectaba negativamente. Lo que no le contó esta vez, es que su última víctima la dejó algo perturbada. Las emociones que le despertó ese tal Félix Asecas al verlo tan parecido al doctor habían acelerado el ansia de víctimas y le estaba costando demasiado controlarse. Tenía que continuar como hasta ahora y dejar pasar al menos un par de meses hasta el siguiente.

Salió de la consulta antes de lo previsto alegando que tenía que ir a la biblioteca para hacer un trabajo grupal. Estaba ansiosa por llegar a casa, ponerse una canción caótica y un trago y buscar otro padrastro. «Solo mirar», pensó.

Entró en casa, tiró la americana sobre la cama, llenó la copa, encendió el *laptop*, abrió el explorador y buscó la canción más caótica y al mismo tiempo con más sentido que conocía; *Omgyjya-Switch7* de Aphex Twin. Hasta el título es demencial. Algunas veces, solo para fastidiarla un poco, le ponía esa canción a Claudia. Ella enseguida se tapaba los oídos y empezaba a gritar que quitara esa locura. «La clave son los latigazos», decía Martina, y las dos reían sin parar. Decidió cambiar de plataforma. Al parecer, la policía ya se había dado cuenta que bastantes víctimas eran usuarias de algún tipo de plataforma de esas —no todas las captaba ahí— . Esta no era de *Sugar Daddies*, sino una de esas para gente de cincuenta que busca rehacer su vida. También había chicas jóvenes como ella que buscaban maduros por la razón que fuera. Pasta o morbo. Poco después de empezar a buscar nuevas presas, alguien sin foto le habló por el chat.

«Hola, Marina», puso sin más.

«Parece que alguien me ha reconocido», pensó dando un sorbo al vino. Acababa de poner un seudónimo, como en cualquier otro de sus perfiles, a pesar de que puso una foto real, era bastante difícil que ese hombre la conociera. Al fin y al cabo, a ella también la interrogó la policía sobre la vida de Miguel Fuentes. No es que se arrepintiera de haberlo matado, tan solo prefería que fuesen desconocidos para que resultara mucho más difícil seguir el rastro.

«No es justo que yo no sepa quién eres cielo jeje».

«Oh, sí lo sabes, mi querida Marina», escribió casi de inmediato.

Se le aceleró el pulso a ritmo de la canción. Tardó un rato en contestar. Medio aturdida, primero se levantó de la silla, que se quedó girando lentamente frente a la pantalla, fue a la nevera y se sirvió nerviosa otra copa. Se calmó enseguida. Tenía que pensar bien la respuesta. Casi le resultó excitante la idea de que la pillaran. Mil veces había pensado dejar pistas a la policía que pudieran seguir.

«No deberías beber tanto», sonó otro mensaje en el chat.

Así fue como Martina sintió lo que debía ser un infarto, porque tuvo la sensación de que su acelerado pulso se detenía de golpe. Soltó la copa en el fregadero, que se rompió en cuatro trozos y se abalanzó sobre la pantalla del *laptop* cerrándola de un solo golpe.

Se vistió apresurada con la ropa deportiva y la chaqueta gris claro, dejó el móvil y salió a pasear solo con las llaves de casa. Daba vueltas y vueltas a la manzana y al parque junto a su casa, pasando a zancadas largas varias veces por delante del bar *La Giara* en el que ya empezaban a mirarla con descaro. Disimular no tenía sentido. Era obvio que esa persona la conocía y quería extorsionarla. En cualquier caso, sabía demasiado de ella. Decidió tomar otro vino en el bar por el que ya era la cuarta vez que pasaba y se sentó en la terraza.

—Es la sesión deportiva más rara que he visto —dijo el camarero clavándole la mirada y con una media sonrisa que de inmediato identificó como un intento de ligar.

—Póngame un Chacolí.

—Lo siento, cariño, no tenemos, tendrá que ser en mi casa; si quieres luego...

—Que sea un vino blanco, por favor —contestó girando la cabeza.

—Claro —se interrumpió a sí mismo el camarero cambiando la media sonrisa por una mueca de desprecio contenido—. Disculpe mi atrevimiento, señorita.

Las vueltas y vueltas que había dado al barrio antes de sentarse pasaron a su cabeza pensando qué contestar al tipo de la web. El tintineo de la copa sobre la mesa la distrajo. Junto a ella, el tique ondeaba con la suave brisa. Se la bebió de un trago, era la tercera de esa tarde y ya empezaba a notar los efectos. Pagó y volvió a casa.

«Dime qué quieres», contestó al mensaje.

Luego se quedó mirando fijamente a la cámara del *laptop*, por si la estaban observando.

«Ya lo sabes, Marina».

Quiso asegurarse de lo que acababa de leer. Podía ser una errata, que la persona al otro lado del chat se hubiera dejado la t en el nombre o confundido con la r por estar tan juntas en el teclado. Descartó ese pensamiento tal como apareció en su mente. Tres veces seguidas ya era obrar con conocimiento de causa.

«Mi nombre es Martina, no Marina», escribió apretando el teclado más de lo normal.

Los golpes en las teclas resonaban en la habitación como esas metralletas de bolas que había en las ferias a las que la llevaba su padre de verdad. Le encantaba ir con él a disparar.

«Lo sé, Marina», contestó el perfil misterioso.

«¿Soy tu próxima víctima, Cazapederastas?».

A los dos segundos dejó de estar en línea. Solo una persona insistía en llamarla así una y otra vez pese al millón de veces que le dijo que ese no era su nombre. Y alguien lo había averiguado.

Varios días después

Pasó el resto de la semana sin entrar en internet. En la *uni* dijo que tenía el *laptop* roto. El móvil tenía la actividad normal de siempre; las típicas publicaciones de gente de su edad en Instagram o Tik Tok, algún mensaje de Beto que al parecer *la echaba de menos*, conversaciones con Claudia... Empezaba a pensar que era efecto del vino, que no había sido real. Tenía miedo de volver a encender el portátil, entrar en su perfil y encontrar nuevos mensajes que la confundieran todavía más. O no encontrar nada de nada y darse cuenta de que todo habían sido imaginaciones suyas. Decidió ir a ver a su madre a la cárcel. Hacía ya más de dos meses que no iba. Se le estaban acabando las excusas de exámenes, trabajos para clase, empleos ficticios... Pidió cita para el sábado siguiente por la tarde, así podría irse antes de que se acabaran las tres horas de tiempo que tenía con la excusa del empleo de camarera que se había inventado.

Sábado, 15 de marzo de 2025, 17:25

Había estado lloviendo todo el día. Cuando bajó del bus, a más de quince minutos andando de la prisión de Meco, el tiempo empeoró. Caminó lo más rápido posible, consciente de que llegaría con los zapatos encharcados y toda la ropa húmeda por mucho que se pegara el paraguas a la cabeza. Caían gotas frías y grandes que le salpicaban las pantorrillas al chocar con el suelo. Eso hacía que se le enfriara todo el cuerpo. Una vez dentro de la división de mujeres, dejó el paraguas, que no dejaba de chorrear, en la sala de seguridad de la prisión. Entró en la habitación privada y a los pocos minutos, un guardia apareció por la puerta. Tuvo que hacer un gran esfuerzo para aguantarse la risa porque parecía un mayordomo anunciando la llegada de un personaje ilustre.

—Señora Mónica Paniagua, puede usted acceder a la sala.

Pensó que al final no dejaba de ser lo mismo, solo que aquí quien mandaba era el mayordomo. El guardia las dejó solas. Su madre se quedó de pie con los brazos en jarra cerca de la puerta, la cabeza ligeramente girada a la izquierda una sonrisa contenida y apretada en los labios. Era una mujer menuda. Estaba más delgada y fibrada. No porque la comida de la cárcel fuera mala, sino porque hacía bastante ejercicio. Tenía un aire a Sarah Connor en *Terminator 2*, con el pelo moreno y lacio, la nariz aguileña y la misma boca que su hija. Aún no había acabado de despegar el culo de la silla cuando Mónica hizo un gesto con la mano para que se detuviera y caminó apresurada hacia la mesa. Guardaron silencio antes de abrazarse con cautela, acercando solo sus torsos. Su madre tenía el cuerpo cálido y seco, el suyo aún estaba frío por la humedad de la ropa. Luego ambas ocuparon sus sillas a cada lado de la mesa.

—¿Cómo estás? ¿Te siguen tratando bien?

—Vienes cada vez menos —dijo la madre con voz tierna.

—Ya sabes, los exámenes, el trabajo, el novio...

—¿Novio? ¿Tú? —contestó entre risas recostándose en la silla—. Además, sé muy bien que no trabajas.

—Trabajo en un bar los sábados —mintió. Y al mismo tiempo su madre abanicó el aire con la mano y sonrió compasiva para que dejara el tema.

—Cuéntame lo que te preocupa, anda, no has venido porque me eches de menos.

Tardó un rato en hablar. Era demasiado raro, del todo imposible. Mónica deslizó su mano por la mesa hasta agarrar la de su hija, la acercó y estrechó entre las suyas con una suavidad que hacía años que no sentía.

—Mamá —empezó con la vista puesta en la mesa todavía—. ¿Podrías contarme de nuevo qué pasó aquella noche?

Soltó la mano de su hija y se recostó otra vez sobre la silla con los brazos cruzados bajo los pechos, ya consumidos por el ejercicio y estrés de la prisión. Entrecerró los ojos y miró la lluvia golpear el cristal con violencia. Tiempo atrás, venía a verla y le pedía que le contara la historia. La escuchaba con atención, como quien oye el cuento de Caperucita. Hacía ya más de dos años que no se lo pedía. Mónica suspiró y con los codos apoyados sobre la mesa, volvió a contarle la historia.

Llegó un momento en el que ya no podía ignorar lo que estaba pasando, empezó. Al principio se decía a sí misma, y sabía que era producto de la depresión que ambas sufrían, que eran imaginaciones de Martina, que su nuevo marido no sería nunca capaz de hacerle algo así a nadie. Con el paso de los meses, vio que las marcas en el cuerpo de la niña eran cada vez más frecuentes y severas. Había pasado tanto tiempo que ya le resultaba ridículo preguntarle a su hija por algo tan evidente que habría generado tan solo una respuesta llena de furia, así que decidió no hablar, dado que los ansiolíticos y somníferos mermaban sus capacidades de reacción, y quiso hacer algo. Ella sí vio a su hija aquella noche. Una chiquilla, temblando, con un cuchillo en la mano, recortada en la oscuridad del marco de la puerta de la habitación contra el pasillo. La imagen fue tan paralizante como reaccionaria.

—Luego te fuiste. Me quedé esperando porque no sabía si ibas a volver, oí cómo lo dejabas en la pila y fuiste a tu habitación.

—Sigo sin acordarme de nada más que de estar con el cuchillo en la puerta, viéndolo roncar a tu lado, deseando tener fuerza suficiente para separarle la cabeza del cuerpo —contestó con la mirada en la mesa—. Hasta deseé hacértelo a ti también. —Y levantó los ojos para fijarlos en los de su madre.

La expresión de Mónica no fue de sorpresa, sino de empatía. O eso le pareció.

—Después me levanté y fui sin hacer ruido hasta la cocina, no sabía si te habías vuelto a dormir —continuó su madre y volvió mirar las gotas contra el cristal perdiendo fuerza—. Cogí el mismo cuchillo y volví lo más silenciosamente posible a la cama. Lo metí bajo la almohada sin dejar de sujetar el mango.

Martina abrió los ojos, le encantaba esta parte de la historia. Sentía envidia de su madre, de la sensación que debió recorrerle el cuerpo al hacerlo. Seguro que ni siquiera supo disfrutarlo.

—Yo seguía sujetando el mango. Me dolía hasta el hombro de la fuerza. No sabía cómo tenía que hacerlo, solo que había una única oportunidad. —Miró hacia el techo, como buscando ahí los recuerdos—. Usé ambas manos, apoyé despacio el filo en la garganta y lo deslicé con todo el peso de mi cuerpo sobre ella. Alfredo estaba tan atiborrado de somníferos que ni llegó a despertarse. El aire de sus pulmones empezó a salir por la raja de la tráquea y borbotones de sangre tiñeron las sábanas de rojo entre burbujas.

Mónica Paniagua no necesitó somníferos esa noche. Al día siguiente llamó a la policía sin salir de la cama, quería que la encontraran así, con los ojos vacíos, la boca medio abierta y el arma en la mano. Martina estaba de nuevo en la puerta junto a la pierna de uno de los policías, quien no tardó en llevársela. Esta vez, su madre añadió algo que nunca le había dicho ninguna de las otras veces.

—Lo más inquietante de todo fue la expresión de tu cara.

—¿Qué cara? —preguntó con impaciencia al ver que su madre no terminaba la frase.

—De felicidad y satisfacción —dijo entrecerrando los ojos y clavándole la mirada—. Dos días después lo incineraron, no pude asistir porque ya estaba detenida.

—Yo sí lo vi. Vi cómo cerraban la tapa del ataúd con él dentro y luego lo metían en el horno ese y las llamas lo consumían.

—¿Qué pasa, cariño? Ha pasado tanto tiempo desde la última vez que me pediste que te contara la historia que me preocupa.

Martina no dijo nada más al respecto y tranquilizó a su madre, que no pareció satisfecha con la vaga excusa que le estaba dando, le dio un beso en la mejilla y el abrazo más largo que le había dado en los últimos tres años. Abandonó la sala prometiéndose a sí misma, tal como hacía siempre, que a partir de ahora vendría a verla más veces. Antes quería matarla. Ahora tan solo la quería. Recogió su paraguas y salió a la calle camino de la parada de bus bajo la fina lluvia. Algo en la historia de su madre siempre le resultaba extraño. Pocas veces había cambios, cosas que tuviera que recordar haciendo más esfuerzo, incluso había frases que siempre las recitaba igual como la forma en la que lo degolló. Era como si hubiera memorizado esa historia, palabra por palabra.

De vuelta a casa en el autobús, no paraba de moverse en su asiento y darle vueltas a la cabeza. Su madre le había confirmado lo que ya sabía, tenía que ser alguien que se estuviera haciendo pasar por el doctor Alfredo Santos. Si era así, tenía una forma muy sencilla de pillarlo; sacarle información que solo ella y él conocieran. Y había gran cantidad de ella, ya que el juicio estuvo centrado en su madre por asesinato y los testimonios de Martina solo se utilizaron por la defensa para justificar de alguna manera el móvil. Solo contó que la violaba reiteradamente y que la maltrataba. Como Alfredo Santos era psicólogo, bien podía inventarse cualquier historia sobre la niña y el cuadro de enfermedad mental que presentaba debido a la muerte de su padre siendo tan pequeña, así que la defensa no se centró en eso. Sin poder evitarlo, empezó a recordar aquella primera vez; el día que empezó todo.

Sábado, 9 de Junio de 2012

Hoy cumple siete años. Su madre trabaja todo el fin de semana en el bar y Alfredo ha prometido que la llevará al parque de atracciones, tal como hacía su padre de verdad, para disfrutar del día juntos. Por la noche ya celebrarán los tres el cumpleaños con una cena encargada y una tarta de la pastelería de Pedrita Muñoz.

Llegan a las taquillas a primera hora, bastante tiempo antes de abrir, con unas entradas que sacaron una semana atrás y no hay casi nadie en la cola. Al ser sábado, serán más largas en todas partes. Si entran los primeros podrán elegir lo que quieran y montarse varias veces seguidas sin apenas esperar durante toda la primera hora. Martina está muy ilusionada y salta como loca de contenta. La espera se le hace eterna. Por fin entran y corren directos a la montaña rusa por sugerencia de Alfredo. Ella dice que tiene miedo y él contesta que la protegerá y que no pasará nada. Y así es. La sujeta con fuerza. Suben a diferentes atracciones. Todas requieren un adulto acompañante. Está hambrienta, así que van a por una hamburguesa con patatas y naranjada. Martina quiere ir a la noria pequeña. Alfredo contesta que esa es muy aburrida e insiste en ir a la grande porque hay mejores vistas. «Ya no eres tan pequeña», le dice. Está muy incómoda por ver que su padrastro la acaricia y abraza tanto. Antes de llegar a la cola, que esta sí es bastante larga, un tigre mascota gigante los para y les hace una foto con la noria detrás. «Para enseñársela a mamá», dice Alfredo. Cuando la noria se para arriba del todo, él la coge por la cintura y la levanta, haciendo que salga más de la mitad de su cuerpo por encima de la jaula. Martina grita y patalea rogando que la baje. Él se pone muy severo y dice que ahora su padre es él y que tiene que obedecer. En parte por miedo y en parte por sentimiento de culpa, se calla y contiene las lágrimas. De nuevo la toca demasiado en pecho y caderas. Hace rato que el día ha dejado de ser divertido.

Después de la bronca de la noria, ya no tiene ganas de decir que no a nada. Alfredo propone entrar en el laberinto de espejos y ella asiente sin dejar de mirar al suelo. Podría hacerle algo aún peor. Él la apremia para que sonría un poco y ella pone la primera sonrisa falsa de su vida. Poco después de entrar, se ve sola. Apenas gira un par de esquinas y ya pierde de vista la entrada. El laberinto es caótico, sin ángulos rectos, y se desorienta al ver tantos reflejos suyos a su alrededor. «¡Alfredo!» grita. «¡Martina! ¿Dónde estás?» Contesta con voz cantarina. Sigue andando, buscándolo, golpeando con sus manos los cristales y espejos, corriendo de lado a lado y siempre dando con un callejón sin salida. Su respiración se acelera y el dolor en su cuerpo aumenta por los continuos golpes contra cristales y espejos. Tiene que salir de ahí. La ropa de Alfredo aparece reflejada en los espejos mil veces antes de ocurrir; pantalones vaqueros azules, un jersey gris claro y una chaqueta medio abierta de esas de cuadros rojos y negros estilo leñador canadiense. Camina apresurada, sin decir nada. La risa del doctor Alfredo Santos se le clava en la parte trasera de la cabeza. Respira hondo y mira a su alrededor. Sus imágenes reflejadas giran con ella. Así es imposible salir. Cierra los ojos llenos de lágrimas que se desbordan por sus mejillas, dejando pequeñas marcas circulares en el suelo. Es de goma y está salpicado de motas blancas como un cielo estrellado bajo sus pies. «Eso es», piensa. Si sigue las esquinas que hacen los cristales y espejos en el suelo, encontrá la salida. No le da tiempo. Una mano la amordaza y levanta en el aire y siente en sus labios el roce del anillo, el olor de la hamburguesa con queso en los dedos y al oído su respiración jadeante que dice: «Por fin».

Sábado, 15 de marzo de 2025, 18:51

Jamás contó lo que ocurrió después. Y lo peor de todo, es que, cada día, al levantarse y bajar a la cocina para ir a desayunar, tenía que ver la foto que se sacaron frente a la noria enmarcada a tamaño dieciocho por treinta sobre la mesilla del salón.

Lo más triste, y estaba segura de que eso aún atormentaba a su madre, es que él le propuso dejar su trabajo, porque con su consulta de psicología podía mantener de sobra a la familia y vivir bien, pero Mónica Paniagua era una mujer a la que, pese a no haber finalizado sus estudios de veterinaria y tener opciones más bien limitadas, le gustaba ganar su propio dinero y contribuir a la economía familiar, e insistió en mantener su empleo. Siempre se las apañaba para encontrar algo.

Ahora, aquel mismo escalofrío del día que empezó todo le recorría la espalda en este autobús lleno de gente con cara de haber perdido sus ahorros en el casino. Miró por la ventanilla. La media hora había pasado demasiado rápido. En cierta forma se alegraba. Más allá de los asesinatos, en los que la euforia y el descontrol la invadían por completo, liberándola de tal manera que sentía pena por aquellos pobres mortales que jamás llegarían a vivirlo, nunca brotaban emociones fuertes dentro de ella. Si la cortejaban o la dejaban, si Claudia se enfadaba por no acompañarla a comprarse otra minifalda, si suspendía algún examen o aprobaba con matrícula... siempre tenía que simular las reacciones que los demás esperan de ti. Y no lo hacía porque quisiera ser aceptada por nadie, eso le importaba menos que un adorno a un esquimal. Solo lo hacía para camuflar bien al lobo entre corderos. Comenzó a impacientarse, a pesar de que en otra media hora iba a llegar a su estudio, así que sacó el móvil y abrió la aplicación. Fue a los mensajes. Ahí no había nada nuevo. Abrió el perfil del tipejo. La única diferencia era que la foto de perfil de usuario ya no era un cuadrado completamente oscuro. Ahora había una foto recortada de alguien corpulento con pantalones vaqueros azules, jersey gris y una chaqueta de estilo canadiense a cuadros rojos y negros con una noria detrás.

En cuanto el autobús llegó a su destino, fue al estudio a toda velocidad, cerró la puerta con dos vueltas de llave y la dejó puesta en la cerradura girada un cuarto, encendió el *laptop* y se sirvió un chacolí, que ya empezaba a escasear. Quien estuviera tras ese perfil sabía mucho más de su vida secreta de lo que pensaba. No estaba tratando con cualquiera y tendría que actuar con mucha cautela. «Por fin un reto de verdad». Volvió a entrar a la web para ver más detenidamente ese perfil. Saltó un mensaje en tiempo real. Junto a la foto de su padrastro había un circulito verde que indicaba que ese personaje estaba en línea también.

«Cómo está mi antigua esposa?».

No solo le había hackeado el ordenador, también el móvil, y accedía a su ubicación.

«Prefieres noria o laberinto?», escribió Martina.

«En una noria es imposible perderse».

«En un laberinto puedes encontrar tu verdadero camino».

«O tu verdadero ser».

«Espero poder enseñártelo pronto».

«Te conozco mejor que tú misma».

«Tu soberbia es lo que te hará caer».

«Matarte a ti es lo que me gustaría de verdad», pensó. No podía dejar pruebas tan descaradas por escrito. Era absurdo desear eso. Alfredo Santos ya estaba muerto. Dudaría si no hubiera visto con sus propios ojos cómo cerraban el ataúd y lo metían en la incineradora, cómo el fuego devoraba con ansia a aquel cabrón y lo convertía en humo y escombros grises. Quien estuviera tras esa cuenta solo podía ser alguien de quien nunca le hubiera hablado a ella o a su madre, algún confidente con sus mismas perversiones. Al fin y al cabo, los pederastas se comunican y protegen entre ellos. Empezó a imaginase cómo degollar a ese hombre, como deseó hacer el día que acabó todo, envenenarlo con un paralizante que le permitiría ser consciente de todo el sufrimiento que ella le iba a provocar. Igual que Dexter. Se excitó más que nunca al pensarlo, como aquellas primeras veces. Ahora ya no era una niña sin fuerzas, ahora podría jugar con él haciéndole cortes en la piel, uno por cada violación y golpe que le dio a lo largo de aquellos tres años, hasta que no le quedara sangre en las venas. Lo mejor era seguirle el rollo, que él la llevara a donde quisiera para después tenderle una trampa. Su intuición le decía que no iba a ser fácil.

Martina pasó los siguientes dos minutos mirando la pantalla y dando sorbos a su copa de vino. Aquel perfil no contestaba. Cuando le quedaba poco para terminar el chacolí y estaba a punto de levantarse, en el cuadro de diálogo del chat apareció el texto «escribiendo...».

«Te admiro», escribió aquel personaje al cabo de un rato.

Ella no contestó nada, quien fuera seguía escribiendo, luego pausaba, volvía a escribir. Vació lo poco que quedaba de vino en la copa y finalmente apareció otro mensaje en la pantalla.

«Tú llevas dieciocho, yo solo seis».

«Tarde o temprano, averiguaré quién eres».

«Soy tú dividido por tres».

Y el perfil dejó de estar en línea. De nuevo el escalofrío del autobús. Había penetrado demasiado en su vida. Que hubiera descubierto el perfil falso de Paypal era demasiado. Si le hackeaban la cuenta, podía quedar a su merced. Prefirió no entrar desde ese *laptop* ni desde su móvil, así que se vistió, un poco tocada ya por las dos copas de vino, y salió a buscar un locutorio para entrar de forma anónima. Su mente, después de todo, no la podía hackear.

Se fue tan lejos como pudo sin tener que usar transporte público y encontró uno en un callejón de los que le gustaban.

Un senegalés la atendió y le pidió el DNI. Usando su sonrisa, apretando el escote y mirándolo con ojos de gata, consiguió que le dejara una cabina pagándole directamente a él el doble de la tarifa. Abrió la página de Paypal, puso el *email* falso que había creado y la contraseña y el ordenador se quedó pensando un par de segundos. Funcionó. La foto de perfil ya no era la suya a los diez años. Ahora había una foto borrosa de su padrastro, la misma que estaba puesta en aquel perfil. Inmediatamente cambió la clave por otra mucho más complicada, casi con los dedos engarrotados, a contrarreloj, y cuando por fin pulsó el botón de «Aceptar» y la aplicación le devolvió un mensaje de «Contraseña cambiada satisfactoriamente» sus dedos se relajaron. Respiró, fue al mostrador y pidió un Aquarius de limón, salió a la calle hasta que lo terminó y volvió a entrar para probar la nueva contraseña. No hubo ningún problema. Sin embargo, sabiendo que le habían crackeado la contraseña —nada menos que de Paypal—, ya sentía desconfianza de la mayoría de los aspectos de su vida.

25 de marzo de 2025

En su cabeza solo hervía la idea de cómo dar con aquel tipo. No entró ni una sola vez en sus cuentas. Y apenas en Instagram, Tik tok ni Facebook. El móvil lo tenía abandonado. Beto ya hacía muchos días que había dejado de escribirle. Y si no fuera porque iba a clase regularmente para evadirse un poco del agobio de casa en estos momentos, apenas habría visto tampoco a Claudia, que ya llevaba un tiempo mosqueada con ella.

—No, no es normal —dijo durante el descanso entre las clases de fisiología de sistemas y genética molecular—, por mucho que insistas.

—A lo mejor deberías usar menos tú el móvil —contestó Martina con una de las voces menos convincentes que había puesto en su vida.

—Ni tú te crees lo que estás diciendo. Lo que más me jode es que no me lo cuentes, te quedas ahí ausente.

No podía decirle que el fantasma de su padrastro la perseguía. O un loco amigo suyo con la intención de continuar las perversiones que aquel degenerado se dejó en el tintero. Aunque, fuera quien fuera, conocía sus secretos más profundos, de lo que era capaz de hacerle a alguien que nunca le había hecho nada solo por parecerse al doctor Santos. Así que aquel tipo podía imaginarse lo que le esperaba. Aquí nadie sabía la verdad sobre su pasado, se había inventado una gran historia, creíble y lacrimógena. La típica niña cuyos padres murieron en un accidente siendo niña y acabó viviendo con su tía, la cual la había mandado a estudiar a Madrid con el dinero de la herencia de sus padres. «Al menos no se la había quedado ella», solía añadir para dar credibilidad. Nadie dudaba de ello. Y a los que dudaban, en realidad no les importaba. Era lo suficientemente creíble como para despertar la lástima justa y que no le hicieran *bullying*. Aunque siempre pensaba que, si no hubiera tenido a Claudia a su lado, se lo habrían acabado haciendo.

—Ya vuelves a hacerlo otra vez —dijo su amiga mirando hacia el cielo por el hueco del claustro—. En fin, cuando te dé la gana me cuentas, yo me voy a clase.

Claudia sí sabía casi todo porque se conocían desde el instituto. Como lo de su madre y cómo murió su padrastro. También que estuvo en un internado y algo sobre los abusos.

Martina siguió con la mirada perdida, pensando en cómo encontrar al acosador. Siempre parecía ir un paso por delante de ella. «Quizás me vigile en mi vida diaria». Su pulso se aceleró, tensión cálida en la nuca al tiempo que el vello de sus brazos se erizaba. Giró la vista en todas direcciones. Había alumnos por todas partes y algunos que parecían docentes y otros que no. Por un momento, creyó que todos la miraban, todo el mundo iba a alguna parte menos ella, ahí inmóvil. Sonó el timbre y los pasillos se despejaron. No se movió del banco de piedra que le estaba dejando el trasero frío y dolorido. Nunca había visto el campus así de vacío, seguramente porque esta era la primera vez que permanecía ahí tras saltarse una clase desde que empezó la carrera. De un salto, salió corriendo al jardín. Por ahí había más movimiento de gente, parejas que también faltaban a clase, un profesor que llegaba tarde. Nadie que estuviera fuera de lugar en la estampa. Continuó andando, ahora despacio, de forma errante, mirando con disimulo hacia atrás y tomó una dirección por completo aleatoria. Llegó a una parte de la universidad en la que aún no había estado, la Facultad de Filosofía. No conocía a nadie. Ni siquiera le sonaba la cara de la gente con la que se cruzaba. La biblioteca parecía un sitio perfecto en el que descubrir si alguien la estaba siguiendo y de paso meterse de forma anónima en sus cuentas para revisarlas. Siguió andando a paso acelerado y entró en la facultad.

El contraste de sol y oscuridad del interior la desorientó por un momento y tuvo que detenerse. El aire ahí olía distinto, a papel viejo. No se paró demasiado tiempo, tampoco podía apresurarse porque no sabía dónde iba. Preguntó al conserje y tras seguir sus indicaciones, subió las escaleras hasta el primer piso y se adentró por el pasillo hasta la biblioteca donde estaban los ordenadores. Casi todos estaban ocupados. Desde diferentes partes provenían hojas de libros pasando, tímidos golpes de teclado y alguna tos seguida de un carraspeo disimulado. Al final de la sala había un puesto en una esquina donde nadie podría acercarse por la espalda. Anduvo despacio, intentando que sus zapatos hicieran el menor ruido posible en el suelo de madera crujiente, hasta que llegó a la silla, la desplazó con mucho cuidado, se sentó y encendió la torre del ordenador. No le quitó ojo a la puerta de entrada ni a ninguno de los que estaban sentados estudiando. Salvo alguna mirada furtiva, nadie levantó la cabeza del sitio. Percibió que aquí el ambiente ya no olía tanto a biblia. No podía bajar la guardia, lo sentía como alguien real y quería algo de ella. Esta era la primera vez desde lo de su padrastro donde ella era la perseguida. Echó mano al bolso. No tenía nada con lo que defenderse aparte de las llaves de casa. El dedal solo lo sacaba si estaba segura de que lo iba a usar.

Pasó ahí el resto de la mañana, comprobando que sus cuentas seguían igual. Nadie le pareció sospechoso, ni siquiera un hombre con bigote que la miró dos veces y resultó ser uno de los vigilantes de día. Quizá el hombre se extrañó de no haber visto a Martina ahí antes y quería memorizar su cara. El movimiento de gente disminuyó conforme se acercaba la hora de comer. Hasta que nadie más que ella quedó en esa sala llena de ordenadores desfasados. El bigotudo volvió a pasar y a mirarla. Esta vez le sonrió y le hizo un gesto de leve saludo con la mano. Cansada de esperar algo que ya tenía claro no iba a ocurrir, volvió a casa.

Paró por el camino a comprar una ensalada de esas del súper, que le parecían completas y no estaban mal, y aceleró el paso a su casa porque quería descansar y estudiar. Justo antes de subir por las escaleras, mandó un mensaje a Claudia.

«Tía, perdona, sé que estoy rara últimamente, vente a cenar esta noche. Trae chacolí».

Esa misma noche

Claudia llegó con dos botellas que había pillado por el camino. Una se encargaba de pagar la bebida y la otra la comida. La última vez, hacía ya más de tres semanas, había sido al revés. Entró sin llamar, había dejado la puerta abierta y fue directamente a la cocina a meter el alcohol en la nevera. Se sentaron en la mesita frente al sofá y se pusieron al día en temas de clase comiendo el pad thai, el pollo satay y la ensalada de papaya que había encargado Martina. No tardaron mucho en terminar la comida y, con las botellas aún a medio enfriar, dejaron los vasos de agua en el fregadero y se pusieron ya a beber antes de las diez de la noche. Intercambiaron como siempre los cotilleos más jugosos, como la calificación demasiado alta de cierto alumno y su cuestionable forma de conseguirla, los líos y deslíos de sus compañeros de clase y después de unos cuantos vinos y temas de Labrinth, Portishead y Lana del Rey, no pudo aguantar más y le puso a Diana Damrau interpretando a la Reina de la Noche en *Der holle rache*.

—Ya vale, joder, no la pongas otra vez —contestó Claudia entre risas desesperadas.

—En serio, tía, escucha esta parte, es mucho más profunda de lo que la gente piensa.

Claudia soltó una de esas risitas que solo salen por la nariz mientras cerraba los ojos y hacía ligeros gestos de negación con la cabeza.

—Va, dale de una vez.

—Si sabes interpretarla, el sentido de la ópera entera cambia —dijo en voz baja, con los ojos muy abiertos y clavados en la Reina de la Noche, que se acercaba despacio a su hija Pamina—. Por eso Mozart la hizo tan bien, brilla por encima de lo demás de manera demasiado descarada, como el diamante en un anillo. Quería atraer la atención, porque es aquí donde escondió el verdadero mensaje.

—Tampoco hay tanto que rascar, tía, es la parte donde la que parecía la víctima, resulta ser la mala de la obra. No deja de ser lo mismo que *La venganza de los Sith* —Claudia levantó la copa de vino y antes de darle un buen trago, concluyó—. Ni de ser lo mismo que en la vida real con los políticos.

—¡Al contrario! —contestó entre risas—. Escúchala bien; le está enseñando a su hija que los iniciados no tienen por qué ser los únicos guardianes del conocimiento, que ellas también pueden volver a ser poderosas y libres. Pamina solo tiene que coger la puta daga y matar a Sarastro.

—Ya, sí, ¿y qué es lo que le pasa al final? ¡Pierde! Son las lecciones que daban de lo que te podía pasar por aspirar a ser como un hombre.

—¡Pierde como mujer libre! Además, el Disco Solar ya era suyo antes y tienen derecho a recuperarlo. Intenta enseñar esto a su hija y la idiota de Pamina no ve más allá del amor egoísta.

—¡Elige a Tamino, su amor!

—Y así perpetúa el patriarcado de Los Iniciados.

—Seguro que tú habrías elegido hacer caso a tu madre —intercaló con una carcajada tan fuerte que casi le hace derramar la copa.

—Por supuesto. ¡La Reina de la Noche es la puta ama! —dijo con la copa en alto.

—En eso tienes toda la razón —contestó Claudia entre carcajadas incontrolables y levantando la copa una vez más. Luego la apoyaron en la mesa, la deslizaron un palmo hacia ellas y gritaron: «Quien no apoya no folla y quien no corre no se corre». Habían empezado ya la segunda botella.

—Y hablando de follar —dijo Claudia poniéndose algo más seria—. ¿Con Beto ya nada?

—Nada de nada.

—Pues ya va siendo hora, no se puede estar tanto sin mojar. Es malo para la salud mental. ¿Cuánto tiempo llevas ya?

—No llega a dos meses —mintió.

—Buf... ya me habría muerto.

—Qué zorra eres —dijo tirándose sobre el sofá.

—Oye, pues si ya no te estás follando a Beto, si no te importa, volveré a follármelo yo.

—Se dejaba hacer de todo.

—Por eso —contestó también riéndose sin parar.

Casi tira la copa en el sofá por tercera vez, su equilibrio de borracha ya estaba alcanzando el mismo nivel que el suyo; mantener la verticalidad del vaso por mucho que se tambalee el cuerpo. Luego hubo uno de esos silencios que no dejan otra opción que sacar el tema que se ha obviado todo el rato.

—Bueno, qué, ¿me vas a contar de una vez lo que pasa? —dijo con voz de madre—. No he venido solo a que me cuentes ramificaciones alternativas de *La flauta mágica*.

Quería contarle al menos una parte de la verdad. No sabía ni por dónde empezar.

—Creo que alguien me acosa.

—¿Cómo que *crees*? ¿Es que no estás segura?

Alguna vez habían hablado de la reencarnación, ambas creían en ella, pero de ahí a que alguien de su pasado resucite y vuelva para perseguirla había un gran salto.

—Ni siquiera sé si es alguien real o está solo en mi cabeza.

—Porque bebes demasiado —contestó Claudia con la copa en los labios y guiñándole un ojo.

Luego, con una sonrisa maliciosa y mordiéndose el labio inferior, cogió la segunda botella y llenó las dos copas. Ahora sabía que había hecho bien en traerla a casa para que le hiciera compañía. Una vez relajadas, Martina solo le contó que le había parecido ver a alguien muy parecido a su padrastro aquel día en el claustro y a la misma persona en el súper esa misma tarde —aunque era mentira—, observándola. No quería decirle acerca de los mensajes en los chat o Claudia le pediría con toda seguridad que se los enseñara y se destaparía todo el pastel. Incluyendo el asesinato de su padre.

—Vale, ya entiendo por qué no has querido poner el *laptop*. —Lo miró con intriga, cerrado sobre el escritorio—. Deberías avisar a la policía.

Eso es lo último que quería hacer. Tenía que resolverlo ella porque todo este asunto estaba demasiado relacionado tanto con su pasado como con su presente.

—Primero tengo que saber que no son paranoias mías.

—Pues ya sabes lo que tienes que hacer, hoy acabaremos estas botellas y después me iré a casa. Y desde mañana dejarás de beber un tiempo.

Quizá tuviera razón. A partir de ahí, la noche se volvió más difusa. Pusieron algunos temas de Blackpink y Ado, bailaron sobre la cama aguantando el equilibrio la una de la otra, *stalkearon* las redes de gente de la universidad, hasta leyeron algún relato erótico de Wattpad criticando algunos aspectos porque «seguro que lo había escrito un tío». Luego todo se oscureció.

A la mañana siguiente

Despertó con resaca. Cayeron las dos botellas que Claudia había llevado más la que tenía en la nevera. Pese a que le insistió en que se quedara a dormir con ella —al fin y al cabo, algo de miedo a quedarse sola por la noche empezaba a tener—, Claudia decidió irse a casa antes de que, como ella siempre decía, fuera demasiado tarde. La puerta seguía cerrada con la llave por dentro girada un cuarto, como hacía estas últimas semanas, las dos copas sobre la mesa junto a las tres botellas vacías, los tápers de plástico del tailandés en la mesa y por lo menos los platos y cubiertos estaban en el fregadero. Bebió de trago dos vasos de agua, recogió la mesa, abrió la ventana para que el olor a juerga desapareciera y encendió el *laptop*.

Al abrir el explorador, saltó una noticia; otra joven de veintidós años degollada. La policía estaba segura de que acabarían encontrando al asesino, pero la realidad es que daban palos de ciego y no sabían por dónde tirar. Entró a la web de *Sugar Daddies*. Tenía decenas de mensajes sin leer, la mayoría propuestas de encuentros sexuales por dinero, otros le pedían fotos y videos personalizados y tenía otras tantas peticiones de amistad pendientes. Luego los leería. Era sábado y tenía todo el día por delante. Lo que no tenía era desayuno, tenía que bajar al súper a comprar zumo y pan de centeno, el único capaz de aguantar la carga de lo que metía en sus tostadas.

Por las escaleras se encontró con su vecino, el salido de cuarenta y cinco años. Un perfil parecido al de su padrastro. Si no vivieran en el mismo edificio ya se lo habría cargado. Ella no era tan tonta como Jeffrey Dahmer. Desde lo de Miguel Fuentes, había aprendido a controlar y dirigir bien aquellos impulsos internos irrefrenables. Llegó a pensar si era él quien la acosaba. Ese hombre no tenía absolutamente nada que ver con su padrastro y mucho menos era tan inteligente como su acosador. Este era un búlgaro que se acababa de divorciar tras la muerte de su hijo en un accidente de coche —al contrario que ella con su padre, pensaba siempre que lo veía—, trauma que ninguno de los dos, ni él ni su exesposa, supieron gestionar. Acabaron distanciándose tanto que cuando quisieron darse cuenta ya estaban viviendo en casas distintas. No sabía todo esto porque le interesara la vida de ese hombre, sino porque él siempre le contaba su vida y ella tenía que interpretar el papel de vecina normal, controlando las ganas de matarlo que poco a poco aumentaban en su interior cada vez que la asediaba en la escalera o el patio.

—¡Buena juerga tuviste ayer, amiga! —dijo con una simulada sonrisa cómplice en la boca, como si él también hubiese participado.

—Hola, Niculai —contestó apresurada hacia la escalera para ver si esta vez se libraba de otra conversación unilateral y anodina.

—Llegaste muy tarde —dijo cortándole el paso de la forma más disimulada y al mismo tiempo agresiva que pudo.

—Esa era mi amiga Claudia —contestó sin dejar de mirar hacia las escaleras. No tenía ganas de tonterías—. Y no venía, se iba a su casa.

El vecino se quedó con la boca abierta a punto de decir algo más cuando Martina bajo corriendo a la calle. Respiró hondo. Miró al cielo, que tenía nada más que alguna nube suelta como esas que salen en el *opening* de los Simpson. Cerró los ojos y dejó que la ligera brisa que había le acariciara la piel. De alguna manera sentía que se estaba limpiando. Tenía que ponerse ella por delante, convertirse en la perseguidora. Hizo un repaso mental de todo lo que necesitaba comprar. Soltó de golpe el aire y abrió los ojos. Al otro lado de la calle, un hombre corpulento de cabello rubio y abundante, la observaba apoyado en una farola. Llevaba pantalones vaqueros azules, un jersey gris claro y una chaqueta medio abierta, de esas canadienses de cuadros rojos y negros. Detuvo su respiración como lo hizo cualquier sonido que había a su alrededor. El aspecto era tan idéntico al de la foto del doctor Alfredo Santos aquel día en la feria que casi pega un grito de esos que nacen desde los pies. El autobús de la línea circular cuarenta y seis se interpuso en su visión. «Maldita sea, igual que en las pelis malas de después de comer». Y, efectivamente, cuando el autobús acabó de pasar, el hombre ya no estaba. Sin embargo, decidió no hacer lo que cualquier protagonista de película mala de después de comer habría hecho y siguió con su plan de ir al mercado a comprar como si nunca lo hubiera visto. Comenzó a caminar con tranquilidad, echando miradas furtivas a la otra acera. Si sabía su dirección, su cuenta de Paypal, la de cualquier perfil de cualquier plataforma en la que se metiera, comportarse tal y como aquel individuo esperaba era la peor decisión de todas. Ahora estaba en territorio propio. Conocía lugares donde esconderse, los callejones más oscuros y solitarios del barrio, los horarios de las tiendas. Aunque seguro que él también.

Llegó al súper, convencida de que no sería la última vez que lo vería hoy, y caminó lentamente por los pasillos, directa a donde estaban las conservas de cristal, con la vista frontal puesta en los productos y la periférica en las esquinas. La luz era intensa, el aire, fresco y olía a naranjas primero y a pescado después. Los sonidos que llegaban a ella eran como ecos ralentizados de otra realidad. La gente también parecía tener sus contornos menos definidos. Cogió varios botes de conservas distintos; garbanzos, judías, cardo, lentejas y aceitunas negras, un bote grande y otro pequeño. El pequeño se lo dejó lo más cerca posible de su mano derecha. Una sensación de odio la invadió. Y al girar la esquina volvió a verlo. Solo. De pie. Al final del pasillo, junto a la nevera de los yogures. Se quedó quieta, sin dejar de mirarlo. Su silueta se definía más que la de la gente que deambulaba por los pasillos llenando sus carros. Los brazos de él colgaban medio muertos. Pasó más de medio minuto así, sin que ninguno de los dos se moviera. Decenas de personas se cruzaron entre sus miradas. Y tal como esperaba, el hombre que tanto se parecía a su padrastro, dio un paso rápido a su derecha y desapareció tras una de las estanterías, cogió el bote pequeño de olivas negras, dejó el carro y se dirigió con paso apresurado, esquivando personas, carritos y productos paralela al pasillo por el que había huido aquel tipo. No logró pillarlo a tiempo. Tampoco podría hacer gran cosa aquí, en un lugar público y con tanta gente mirando.

—Hola, Marina —oyó como un trueno detrás de su oreja izquierda.

Levantó el brazo con el bote de aceitunas, retrocedió un paso y se giró para asestar un golpe en la cabeza de lo que fuera que tuviera detrás. Ahí no había más que un niño con una caja de galletas Oreo en la mano que la miraba aterrado. Su madre llegó, le hizo soltar la caja y, echando a Martina una mirada asesina, se lo llevó corriendo. Por suerte, no había nadie más. «Qué sabrás tú de miradas asesinas».

No volvió a verlo en el mercado, ni en la calle ni en ninguna parte del corto trayecto de camino al estudio. Volvió a cerrar la puerta con cerrojo y la llave girada noventa grados pese a ser tan solo las trece y se asomó por la ventana a la farola donde lo había visto apoyado la primera vez. Mientras recogía la compra, pensó en la imagen de aquel tipo. Cerró la nevera, volvió a guardar el carro en el hueco en el que debería estar el lavavajillas y se sentó en la silla de *gaming* con el móvil en la mano. Examinó la foto de perfil en la pantalla del *laptop*. Se inclinó sobre ella para examinarla mejor y, aunque estaba borrosa, se podía distinguir con claridad la ropa del tío del súper. «Esto ya es demasiado». Nadie, por muy confidente que fuera de Alfredo Santos, podía saber qué ropa llevaba aquel día. Es más, estaba segura de que ni siquiera el propio Alfredo se acordaría de qué ropa llevaba puesta. Era un hombre, cualquier cosa les vale y no se acuerdan nunca de la ropa que llevan ni siquiera por la mañana. La única forma de conseguir tal información era que esa persona hubiera encontrado fotos antiguas de su segunda familia. Pero todo eso desapareció, ella misma había recortado al doctor Santos de aquella foto del parque de atracciones y se había deshecho de ella. A no ser que alguien la rescatara de la basura. Un mensaje saltó en la pantalla.

«Te estás divirtiendo con esto. ¿A que sí?».

«Deja de matar a chicas inocentes y ven a por mí».

«Te gustaba ir con tu papá a las ferias para jugar con las metralletas de bolas ¿por qué conmigo no?».

Sus manos empezaron a temblar descontroladas, incapaz de parpadear, pensar, responder. Nadie, ni siquiera su madre, sabía eso.

«Sé dónde guardas su reloj».

El móvil cayó en la mesa junto al teclado, aturdida, le faltaba el aire, esto no podía ser real, sudor frío ocupó los poros de su piel, el corazón luchaba por salir del pecho a golpes, no sabía si se había quedado paralizada por el frío o por el miedo. «Voy a morir aquí, recostada en esta silla de mierda». Hacía tantos años que no le pasaba esto que le costó mucho reaccionar. Agarró con fuerza los apoyabrazos y respiró lento y profundo sin poder quitar la vista del altillo del armario. Era como si el mismo Lucifer fuese a abrir la puerta. Fue el doctor Alfredo Santos en sus primeras sesiones de terapia quien le enseñó cómo lidiar con esto. «Qué ironía», pensó.

Una eternidad después, su corazón volvió al ritmo normal, respiró suave y tranquila y dejó de temblar y tener convulsiones. Tenía que abrir el armario. Puso la canción *Big City* de Spaceman 3, y acercó la silla para poder bajar la caja de zapatos. Esa última estantería estaba más oscura que nunca. La puso sobre la mesa. Abrió la tapa, la canción decía «*Everybody I know, can be found here*», sacó el set de costura, el pañuelo, el reloj y todo lo que había dentro menos el sobre cerrado con las fotografías familiares. Lo cogió muy despacio, le pareció que pesaba como la criptonita a *Superman*. Alguien había abierto el sobre. Con manos temblorosas sacó y vio la primera foto. El paquete se le cayó de las manos. Por la mesa y el suelo se desperdigaron decenas de fotografías de su familia de verdad, con su padre y su madre en el Parque Nacional de Ordesa antes del accidente, en casa, en parques de atracciones. Solo esa quedó en su mano. Era la que ella misma recordaba haber tirado a la basura una semana después del día que acabó todo.

Había tres días en su vida que la convertían en un reloj de arena de cuatro cuerpos: el día que cambió todo, el día que empezó todo y el día que acabó todo. El primer cuerpo del reloj era la vida con su familia hasta el día del accidente. El segundo, la vida con su nuevo padrastro hasta el día de la primera violación en el laberinto de espejos. El tercero, la etapa de abusos constantes hasta el día que murió el doctor Alfredo Santos. Y el último, el resto de su vida hasta hoy. Su intuición le indicaba que el cuarto día, el que iniciaría el quinto cuerpo del reloj de arena, estaba muy cerca.

Alguien había entrado en su casa, encontrado la caja, abierto el sobre, hecho una foto nada más que de esa foto, dejado todo como estaba y la había subido al perfil. Pero ella no la había metido ahí, mucho menos rescatado de la basura. Solo dos personas más habían estado en su casa; Beto y Claudia. Ninguno de los dos conocía la existencia de esa caja. En realidad, nadie más que ella y su madre la conocían. Quien hubiera entrado debió registrar todo el estudio sin dejar ni rastro. Tampoco había mucho que registrar ni muchos sitios en los que esconder cosas. En realidad, era bastante obvio que si quería esconder algo que nadie más quisiera que viera, el mejor sitio era ese altillo. No era eso lo preocupante, se dijo, sino que alguien tuviera llaves para entrar. La cerradura no estaba forzada de ninguna manera. Quizá su vecino el baboso podría saber más y salió a buscarlo casi arrepintiéndose ya antes de verlo.

—¿Qué es para ti gente extraña? —dijo con cara seria.

—Alguien que no fuera del edificio, vamos no es tan complicado.

—Aquí solo entras tú y tus amiguitos, cariño —dio un paso al frente con semblante de cantante de reguetón y apestando a vodka—. Si quieres que yo entre también, estaré encantado.

En lugar de dar un paso atrás, puso la mano sobre la boca del estómago de su vecino, lo miró a los ojos, Niculai sonrió triunfante y entonces ella, con un movimiento seco desde la cadera hasta la palma de la mano, como Mamba Negra en Kill Bill para escapar de la tumba, lo empujó hacia atrás dejándolo con respiración entrecortada. Él dijo algo en búlgaro que, por la entonación, seguro eran insultos, y volvió a entrar en su casa. Martina se encerró de nuevo en la suya, dando dos vueltas al cerrojo y dejó la llave girada un cuarto como siempre. Quien fuera que la persiguiera, por lo menos no podría entrar con su juego de llaves si ella estaba en casa. Y la oiría intentar abrir. Esa noche no durmió nada en absoluto por primera vez en muchos años.

Un día después

Si ya de por sí, las clases de biología celular e histología eran un coñazo, ese día iba a sufrir de lo lindo intentando no dormirse. Claudia estaba sentada a su lado y le daba un golpe en la pierna cada vez que la veía cabecear. Por suerte, ocupaba los puestos de más atrás en el anfiteatro y podría pasar desapercibida. Al final, presa del cansancio y con la mejilla apoyada en la mano, le fue imposible mantener los ojos abiertos por más tiempo.

Vuelve a tener diez años y está en la cocina de casa de su padrastro. Siente el frío de las baldosas en la planta de los pies. Abre el cajón de los cubiertos, coge un cuchillo con fuerte olor a cebollas y sube las escaleras a pasos muy lentos y silenciosos. Abre la puerta de la habitación donde duermen. Su madre está tapada y acostada y ve su pecho hincharse al ritmo de su respiración. No hace ruido alguno. Su padrastro la mira sentado desde la cama, con las sábanas hasta la cintura. Solo lleva la chaqueta canadiense abierta, dejando el pecho peludo al descubierto. Le entrega el cuchillo y él mismo se rebana el cuello y un chorro de sangre como un aspersor de jardín empieza a pringarlo todo y le salpica la cara y el cuerpo. Ni siquiera cierra los ojos. Su madre sigue durmiendo, como si no perteneciera a la escena.

Despertó de un salto con el sonido del timbre. Claudia no dejaba de reírse con la mano en la boca.

—Por fin —dijo en voz baja.

De nuevo, esas palabras convirtieron su corazón en un bloque de hielo. Claudia sí tenía razones para vengarse. Era la persona que más veces había estado en su casa y se conocían muy bien. Cualquiera de esos días de borrachera habría podido irse de la lengua y hablarle de esa caja. Y de más cosas.

—Tía, ¿qué te pasa hoy?

Si hubiera querido matarla, ya lo habría hecho en alguna de las muchas ocasiones que se quedaba a dormir. A no ser que quisiera jugar con ella psicológicamente.

—No he podido dormir —contestó después de un rato.

—Los días que yo me quedo hasta roncas.

—Pues quédate más veces.

—Vale, esta noche voy a tu casa. Deja que avise a mi madre.

Ahora, más que nunca, a Martina también le habría gustado tener a alguien a quien pedir permiso para lo que fuera. Sobre todo, a su padre. No sabía por qué había soñado con eso. Ciertos aspectos no le quedaban del todo claros respecto a la muerte de su padrastro. Lo último que recordaba era estar con el cuchillo en la puerta viéndolos dormir. Él roncaba, su madre no. Es más, no recordaba haberla oído roncar nunca en su vida.

Tuvo que tomar cuatro cafés para no dormirse en ninguna otra clase más. Y eso solo para estar en el estado de alguien que ha dormido lo mínimo y no está al cien por cien. Al menos consiguió superar el día lectivo. En ese estado de semivigilia en el que se encontraba, veía *flashes* de su padrastro por todas partes. Unas veces eran imágenes que aparecían y desaparecían como polvo del desierto, otras eran personas que caminaban. Las observaba con detenimiento, resultaban ser él por unos segundos y tras parpadear volvían a ser un señor de mediana edad con sombrero castellano, gabardina y una bolsa del Lidl. Prefirió ignorar todo lo que le estaba pasando, porque sabía que no podía ser el doctor Alfredo Santos de ninguna manera. Y si era un loco que se estaba haciendo pasar por él o por quien llamaban El Cazapederastas, ya sabía lo que Martina era en realidad y podía esperarse su más encarnizada batalla. Muy posiblemente por eso, todavía no se había atrevido a atacarla. Su estrategia parecía ser de desgaste hasta que cometiera un fallo. Pero ella era experta en ese juego. Aún no sabía cómo volver las tornas. Tampoco tenía que preocuparse demasiado, confiaba lo suficiente en sí misma como para saber que la solución iba a aparecer tarde o temprano delante de ella.

Llegó por fin a casa y en vez de un chacolí se tomó un té con limón y miel al que le echó un cubito grande de hielo. Se sentó frente al *laptop* y buscó: «"Mónica Paniagua" & asesinato & "Alfredo Santos"». Aparecieron muchas búsquedas de aquel caso en concreto. Leyó varias de las noticias que encontró en la primera página sin mucho detenimiento. Todas venían a decir lo mismo al final:

«Una mujer degolló con arma blanca a su marido mientras dormía... La policía encontró a la mujer, madre de una niña de diez años, con el arma del crimen en la mano y el cadáver ya sin vida de su marido... El hombre no era el padre biológico de la niña... Antonio Ferrer, el padre biológico había muerto años atrás en un accidente de tráfico en el que también se encontraban su mujer y su hija, las cuales se encontraban en tratamiento psiquiátrico desde entonces».

Esto no decía nada nuevo, así que decidió afinar la búsqueda. Tras más de media hora probando combinaciones de palabras, encontró una noticia en la que se cuestionaba la versión oficial del caso. «Es increíble lo que cuesta encontrar noticias de estas».

«Nuevas evidencias en el caso de la asesina de Miraflores. Pese a que la confesión de la madre resulta determinante para el esclarecimiento del caso, la policía no encuentra consistente su versión, ya que encontraron tal cantidad de somníferos en sangre que era imposible que se encontrara despierta a la hora que dijo haber matado a su marido. Por la temperatura del cuerpo, debía llevar muerto por lo menos cuatro horas, lo que significa que el crimen habría ocurrido entre las tres y las cuatro de la madrugada. Según la versión de la madre, esa noche no tomó pastillas para dormir y así poder perpetrar el crimen una vez su marido se hubiera dormido del todo. Debido a la naturaleza de la herida, se descarta también por completo el suicidio.»

Cuando era pequeña, tras la muerte de su padre, y todavía tenía miedo de ir al baño sola por la noche, intentaba despertarla y era del todo imposible; era un cuerpo inerte que respiraba y despedía calor. Alguna vez decía una palabra suelta sin llegar nunca a despertarse del todo. Si hubiera tenido cualquier urgencia o problema, no habría podido contar con ella para nada. Y a Alfredo prefería tenerlo lo más lejos posible. De todas formas, durante los últimos dos años, él también estuvo tomando somníferos, aunque no tan potentes como los de su madre. Eso hacía que la única persona consciente en la casa en el momento del asesinato fuera la propia Martina. No obstante, el caso había quedado cerrado tras la confesión de Mónica Paniagua, pese a los artículos que fue encontrando en los que se barajaba la posibilidad de que alguien hubiera entrado en la casa. Ya había caído la tarde y se dio cuenta de que no veía con claridad el teclado. Unos segundos después de encender la luz, sonó el timbre. Con los pasos de su amiga resonando cada vez más fuerte en las escaleras, se le ocurrió la idea con la que hacer que el acosador saliera de su madriguera. Volvería a hacer, aunque fuese demasiado pronto, lo que llevaba semanas evitando. Antes, solo por si acaso, sacó el dedal, lo llenó de sarín con el bote que guardaba bajo el fregadero y lo guardó bajo la almohada. No quitó ojo a Claudia en toda la noche y, de nuevo sin haber dormido nada, fueron juntas a la *uni*.

Jueves, 3 de abril de 2025, 20:36

Esta vez no fue en un callejón, sino en el aparcamiento medio abandonado cercano al parque de atracciones donde empezó todo. Sabía llegar allí sin GPS. Quería comprobar si era capaz de seguirla también si no llevaba el móvil encima, así que lo dejó en la mesa junto al *laptop*, bajó su caja secreta y para controlar la hora se puso, por primera vez en trece años, aquel reloj de cuerda y saetas que le había regalado su padre de verdad y el pañuelo de seda morado de su madre. Cogió también el dedal y el cuchillo de cocina y los metió en el bolso con mucho cuidado de no perder ni una gota de veneno. Eligió esta vez el top mostaza ajustado con escote de pico y espalda desnuda. No solo era su favorito, también le traía suerte.

Bajó del autobús dos paradas antes de llegar y, acortando por un campo en barbecho, llegó al aparcamiento. Estaba en desuso desde que habilitaron el nuevo más cerca del parque. Por el día era el típico sitio al que iba gente de su edad a fumar porros y beber, a soltar a sus perros y, por las noches, como ya casi era ahora, algunas parejas en sus coches porque no tenían dónde ir a follar. Había una zona donde los árboles habían crecido asilvestrados y daban un aspecto tétrico a esa esquina. Las sombras de los árboles hacían que de lejos no se viera nada de lo que estuviese pasando ahí. Quiso llegar primera como hacía siempre, sin dejar de mirar en todas direcciones. A esas horas estaba casi vacío salvo cinco coches muy separados unos de otros. Todos se balanceaban menos uno, un Ford Fiesta blanco, bastante manchado y viejo, con matrícula del siglo XX algo oxidada. Dentro se veía solo una cabeza recortada en la ventanilla. Ese podría ser El Cazapederastas, porque el tipo calvo y bajito le dijo que llegaría a las nueve y media en un Mercedes. O quizá no era nada más que un *voyeur*. Faltaba más de media hora para la cita. Desde su posición, todavía en el campo, donde las farolas no la iluminaban, no podía verla nadie. Caminó despacio hasta uno de los márgenes del aparcamiento y fue a la esquina oscura de los árboles. La lejana música del parque y el ruido de las atracciones cesaron. Aún se apreciaba su luz a lo lejos. Miró la hora. Faltaban veinticinco minutos. Empezaba a refrescar. Se puso la chaqueta de punto por encima de los hombros. Le dieron ganas de mear y, sin quitar la vista del aparcamiento, ni de sus espaldas, fue hasta un árbol y se alivió. Echó mano al bolso para asegurarse de que cuchillo y dedal seguían ahí.

Pasaron los minutos, crecieron el frío, la brisa y la oscuridad. Poco antes de que el reloj marcara la hora de la cita, un Mercedes GLS entró despacio en su dirección. Paró a unos veinte metros y apagó motor y luces. Nadie salió. *Thriller* sonaba amortiguada desde el interior. Los cristales traseros estaban tintados. La música dejó de sonar casi a la vez que se abría la puerta y aquel tipo calvo y bajito de cuerpo atlético, con el que nunca llegó a quedar y que hoy iba a usar como cebo, puso un pie en el asfalto. Observó en todas direcciones hasta que la vio en aquel rincón. No quería matarlo, solo la pasta y, por qué no, darle un poco de placer al cuerpo. El sarín lo guardaba para el supuesto doctor. Rondaría los treinta, un tío que bien podría haber conocido en cualquier discoteca. Observó con detenimiento el resto del aparcamiento. Nadie más que ellos dos en cincuenta metros a la redonda. El Ford Fiesta blanco no dio señales de movimiento. Martina se acercó al tipo. Ambos sonrieron.

—Por fin.

A Martina se le despegó la piel de la carne por un momento, metió la mano en el bolso y sujetó el mango del cuchillo con fuerza.

—¿Qué has dicho?

—Que me habría gustado que me contestaras aquel día. Quedé con ganas de una cita contigo —contestó acercándose a pasos muy lentos con las manos metidas en los bolsillos de la gabardina pajiza.

Al ver que retrocedía, el tipo calvo se detuvo, sacó las manos y la miró con la sonrisa rota.

—Tú eres la *sugar baby*, ¿no? A ver si me he equivocado otra vez...

Su corazón volvió a latir al ritmo normal y le hizo un gesto para volver al coche. Él sonrió, abrió la puerta del conductor y volvió a enchufar la radio —ahora sonaba *You spin me round*—, luego subieron los dos a los asientos traseros.

—Vaya, eres mucho más guapa en persona.

—Recuerda lo que hablamos, amor, el pago primero.

Muy apresurado, el hombre sacó el móvil e hizo el pago por Paypal. Miró de reojo al perfil. Nada de fotos con chaquetas canadienses. La parte trasera del vehículo era muy espaciosa. El hombre se quitó el abrigo y la besó en el cuello. Dudaba entre vigilarlo a él o al aparcamiento. Subió las manos por las caderas hasta sus pechos y los acarició. Los asientos de cuero no le gustaban, se le quedaba el culo pegado y sudoroso. Le quitó la rebeca de punto y la tiró al suelo. «Estos coches no están pensados para esto —pensó—, el que puede permitírselo, también puede pagar un hotel». Metió la mano en el top y bajó la copa del sostén. Fue ella la que había insistido en quedar aquí en vez de en la habitación que el hombre había sugerido. Después la besó en la boca. «Nada como decirle a un tío con ganas de follar que algo te da morbo y que le vas a hacer un descuento para que pierdan el culo y lo hagan». Fuera del coche seguía sin haber ningún movimiento sospechoso. Él paró de besarla y la miró con seriedad.

—¿Estás aquí?

—Claro, cielo, ¿dónde voy a estar si no?

Le desabrochó la camisa y lo besó en el pecho. Tenía algo de pelo sin llegar a ser frondoso. Empezó a desnudarse también, siempre con un ojo puesto fuera del coche. Después de tumbarlo y chupársela lo justo para que se le pusiera dura, le puso un condón que ella misma sacó del bolso —aprovechó también para dejar bien a mano el dedal— y se montó sobre él con las manos apoyadas sobre su pecho y la cabeza inclinada para mirarlo sin perder de vista el exterior y movió las caderas adelante y atrás.

—Tranquila, nadie nos verá a través de los cristales —dijo entre jadeos y respiraciones entrecortadas.

Le puso las manos en el cuello y le besó en la boca para que se callara. Respondió agarrándola por la espalda, la apretó contra él y empezó a hacerlo más rápido. El tío sabía moverse. Comprobó que seguía sin haber nadie afuera. No pudo evitar abandonarse un poco. Ojalá lo hubiera conocido en una discoteca, sí. Aceleró las caderas a su ritmo y, por la cara de placer que ponía, vio que no le quedaba mucho para terminar. Volvió la vista al aparcamiento. Justo delante de ella, una silueta negra se recortaba en la ventanilla. Paró y contrajo de golpe todos sus músculos, él gimió con fuerza y pudo notar las pulsaciones de su polla. La puerta del coche se abrió, Martina se lanzó a por el dedal y fue directa a clavarlo donde fuese. Un golpe terrible en la mano se lo arrancó del dedo. La silueta agarró el cuello del *sugar daddy* antes de que pudiera gritar. Martina agarró las muñecas del agresor y el tipo calvo las suyas. Tal era la fuerza con la que lo sujetaba que no solo le fue imposible soltarlo, sino que el calvo murió en menos de un minuto. Se zafó como pudo. Fue a por el cuchillo. Él soltó el cuello del tipo calvo y la golpeó en la cabeza. Aturdida y con la vista borrosa, miró la figura inmóvil fuera del coche y todo empezó a nublarse.

—Ya sabes dónde encontrarme —dijo una voz enlatada.

Cerró los ojos, mareada, puso la palma de la mano en la sien y apretó. Luchó con todas sus fuerzas por volver a abrir los ojos y no perder la consciencia o acabaría con ella allí mismo. Apoyó los antebrazos y levantó la cabeza. Un gran dolor la inundaba hasta la mandíbula. Se había confiado demasiado. Consiguió abrir un poco el ojo izquierdo. La silueta seguía ahí, inmóvil, sin hacerle nada. Seguía montada sobre el cuerpo inmóvil, con la falda subida y el resto de la ropa en el suelo. No pudo ver más que sombras en la cara del agresor y una chaqueta canadiense. Se desvaneció por completo sin poder clavarle ni el cuchillo, ni el dedal, pensando que ya nunca más podría beber chacolí.

Jueves, 3 de abril de 2025, 22:41

De nuevo el roce de la alianza en los labios, el olor a hamburguesa con queso en los dedos y la respiración jadeante. Y volvió a oír aquellas palabras.

—Por fin.

El escalofrío paralizante volvió a recorrerle la espalda. Pero ahora no iba a quedarse quieta. Un fuego abrasador la inundó por completo y su cuerpo empezó a temblar. Levantó el cuchillo sobre su cabeza y lo lanzó con todas sus fuerzas para clavárselo en el costado al tiempo que le lanzaba el dedal al muslo. Ambos gritaron; ella por furia y placer cuando aquella mano soltó su boca, él por dolor. Se dio la vuelta extasiada, a punto de tener el orgasmo más grande de la vida de cualquier ser que haya podido existir en este planeta. Vio la cara del doctor, mirándola con la mano derecha en el mango y el dedal en el muslo. Luego callaron al mismo tiempo. Y no pudo más. Perdió la visión, el oído y el resto de los sentidos por unos instantes. En su interior bailaba una supernova que nublaba toda su existencia. La imagen del espejo empezó a cambiar. Un terrible dolor lacerante en el costado, al verse a sí misma sujetando el cuchillo, hundido hasta la mitad en su propio cuerpo, la trajo de vuelta. La ropa se teñía de rojo mientras la imagen de su padrastro en chaqueta canadiense desaparecía para transformarse en la suya. Anduvo hacia atrás hasta apoyarse en un cristal y se deslizó hacia la izquierda. Arrancó el dedal del muslo y lo tiró al suelo. La voz no volvió a sonar.

Tampoco volvió a ver chaquetas canadienses por ninguna parte. Ojalá estuviera aquí su padre.

Con la vista desvaneciéndose, consiguió salir del laberinto. «Habrá algún guarda en este lugar». De su garganta solo emergió un susurro al intentar gritar. Algo la hizo tropezar y caer de bruces. Ahí estaba el cuerpo del vigilante, con espuma en la boca y las manos sujetándose el pecho. El aire fresco de la noche enfrió la sangre que ya le escurría casi hasta el tobillo. Encontró un móvil en el interior de la chaqueta del cadáver y con las pocas fuerzas que le quedaban, tocó la pantalla y llamó a emergencias.

—Emergencias ¿cuál es el problema?

—Vengan... rápido... al parque de atracciones.

—Por favor, díganos cuál ha sido la emergencia.

—Laberinto de...

El teléfono cayó bocabajo junto al cadáver, la operadora continuaba haciendo preguntas, ya no aguantaba más, apenas notaba dolor. La película de su vida empezó a reproducirse en sus ojos como videos de Tik tok. De todos ellos, solo un recuerdo fue el que la hizo abrirlos por fin; sujetar ella misma el cuchillo y, con todas las fuerzas que le permitieron sus brazos de diez años, degollar al doctor Alfredo Santos, sus gritos ahogados, el burbujeo de la sangre en la tráquea saliendo a borbotones. Después acostarse junto a su madre y dormir, dormir mucho.

Tres días después

Despertó esposada a los barrotes laterales de una cama. Tenía un gotero en el brazo y vestía la típica bata blanca, tapada solo hasta el pecho y con los brazos sobre la sábana. Una enfermera dijo que avisaran al doctor enseguida. No había nadie más en la habitación aparte de Claudia. Dormía despeinada en un sillón en postura retorcida. En la puerta, con medio cuerpo en el pasillo, había un policía que no dejaba de mirarla. Decía a algún superior que había despertado de nuevo y que ahora sí se comportaba como decía su amiga. Luego solicitó que alguien se presentara ahí de inmediato. Un dolor lacerante en el costado derecho la distrajo de la conversación del policía. Vio un parche de gasa adhesiva que tapaba la herida y supuso que no solo la habían curado, sino también atado para prevenir autolesiones y huida. Para ellos quizá no estaba claro aún si la habían atacado o si se lo había hecho ella misma en alguna especie de brote psicótico autolesivo. Si la habían descubierto, era cuestión de tiempo que Claudia supiera que ella era la asesina de su padre. Aunque estando ahí sentada a su lado, quizá no supiera nada. En cualquier caso, lo mejor era callar.

Oyó a su amiga moverse en el sillón. No se atrevía a mirarla. Antes de abrir los ojos, emitió un leve gruñido producto del dolor que seguro le estaba provocando la mala postura y el propio despertar. Y abrió los ojos. Luego la miró sin cambiar de expresión. Ninguna de las dos dijo nada durante lo que pareció un agujero negro de tiempo. Por suerte, el doctor rompió la tensión.

—¿Cómo te encuentras?

Antes de responder, miró a todo el mundo. Claudia estaba expectante, el policía miraba hacia el pasillo y a Martina cada pocos segundos. El médico tenía la vista clavada en su carpeta y después de un minuto la miró inquisitivo.

—Me duele el costado.

El médico no contestó, tan solo hizo una marca en el papel.

—¿Puedes decirme tu nombre y fecha de nacimiento?

—Martina Ferrer Paniagua, nací el 9 de junio de 2005.

El médico y la enfermera se miraron con cara de aprobación y el doctor hizo otra marca en el papel. El policía volvió a hablar por su *walki*. Esta vez no oyó lo que decía porque salió al pasillo. Si el doctor le hacía esta pregunta —y según el policía no era la primera vez que se despertaba durante el tiempo que llevaba en esa cama— era porque habría estado diciendo otro nombre y comportándose de forma muy distinta. Y podía imaginarse qué nombre y actitudes eran. La expresión de Claudia también era distinta. Parecía a punto de saltar de la silla para abrazarla y llenarla de besos como hacía a veces cuando cenaban en su casa y terminaban una botella de vino cada una. Pero no lo hizo.

—Solo una cosa más, ¿qué día es hoy?

Esta vez esperó para contestar, prefería seguir jugando a la pobre chica aturdida. Supieran lo que supieran era mejor seguir aquí por ahora y volver a mostrar cuadros de enfermedad mental como había hecho desde que mató a su padrastro.

—Hoy es 9 de junio de 2012.

El doctor volvió a apuntar algo, esta vez una frase bastante larga.

—De acuerdo, Martina, permanecerás aquí algún tiempo más hasta que cure la herida del costado, después te trasladaremos al ala de salud mental donde te evaluaremos más detenidamente.

Todos salieron y se quedó a solas con Claudia quien se acercó y la cogió de la mano con cierta inseguridad. Luego la miró como quien mira a un perro a quien están a punto de sacrificar. Aún tardó en abrir la boca, los ojos se le enrojecían. Después de un buen rato, habló.

—Dime que no fuiste tú.

«Ya lo saben todos». Respiró despacio y fingió una cara de confusión. Luego la miró fijamente a los ojos, frunció el entrecejo y torció la boca.

—Mi padre, Martina, por favor, dime que no te acuerdas.

—¿Creen que yo maté a tu padre? —dijo.

—No solo a él, sino a otros veintiséis más; veinte hombres y seis chicas de nuestra edad.

—¿Me acusan de ser El Cazapederastas?

—Llevas tres días asegurando ser el doctor Alfredo Santos.

No dijo nada más, miró al techo blanco y dejó a Claudia esperando una contestación.

Finales de abril de 2025

La herida externa tardó tres semanas en sanar. Solo dañó intestino y parte del hígado que, pese a ser tan joven, tenía ya castigado por el vino según las pruebas que le hicieron. Resultó que bebía más de lo que pensaba porque los primeros días echaba terriblemente de menos una copa y hasta llegó a pedirla. Ya caminaba por sí misma, siempre acompañada por un policía o alguien de seguridad, con la ayuda de un bastón. La dejaban salir al jardín una hora al día. El resto debía pasarlo en la cama, atada por su seguridad y la de todos. No había cambiado su versión desde que se despertó junto a Claudia, que no había vuelto por ahí a visitarla.

Poco a poco, a lo largo de las semanas siguientes, fueron sanando también las heridas internas. Las del intestino fueron las que peor llevaba. Solo podía comer por alimentación parenteral. Seguramente, pensaba, ya debía tener el estómago atrofiado de no usarlo. Las otras heridas, las del recuerdo, quizá empezaran a desaparecer más adelante. Al no beber, los episodios en los que se manifestaba el doctor Alfredo Santos se redujeron mucho. Eran momentos en los que perdía la noción del tiempo, como si una parte del día desapareciera y apareciese en otro sitio y otra hora con gente distinta. Comprendió así, en la claridad de la sobriedad, cómo se había estado acosando a sí misma, hecho el perfil falso de su padrastro, por qué sabía en todo momento dónde estaba y sus propias contraseñas. Y también los otros asesinatos de las chicas de su edad, que no recordaba nunca cuándo ni cómo ocurrían. Hasta que se acordó de la conversación con Niculai. Aquel día le dijo que la había visto llegar muy tarde y creía que no había salido de casa. Y sí lo hacía algunas noches, especialmente las que hay juerga, para no despertar sospechas ante nadie —al menos eso es lo que habría hecho ella misma y su alter ego lo sabía—. Lo que nunca llegó a saber es cómo hacía desaparecer los cuerpos. Menos al calvo y bajito del aparcamiento abandonado del parque de atracciones. Ella lo había matado con sus propias manos. Al vigilante —de ese sí sentía algo de pena— lo mató con el dedal. Y menos mal que fue así, pensaba, porque si no, ella habría sido la víctima final del supuesto Cazapederastas y nunca habría aparecido ningún asesino.

Los médicos, durante las consultas, le contaban muy poco acerca de las visitas que hacían a su madre. Aunque Mónica Paniagua hubiese querido contar todo lo que sabía, en realidad no era gran cosa, ya que no tardó mucho en entrar en la cárcel tras encubrir a su hija en el asesinato del doctor Alfredo Santos. Se perdió todo su desarrollo psicológico durante los siguientes años. Contó que siempre que su hija iba a verla se comportaba como una niña normal. Hasta en los años en los que disminuyeron las frecuencias de sus visitas, la justificaba con la excusa de que eran cosas de la adolescencia. Y algo de los primeros años, tras el accidente donde murió Antonio Ferrer, cuando ambas cayeron en depresión hasta que conocieron al doctor Alfredo Santos y rehicieron sus vidas. No fue hasta que el psiquiatra del centro donde estaba ingresada accedió a firmarle por escrito el juramento académico de confidencialidad —algo simbólico, porque en realidad el acto en sí no servía para nada—, que Mónica admitió haber encubierto a su hija. Ya lo sabía porque el recuerdo se había despertado por completo aquel día al escapar del laberinto y había ido cobrando fuerza conforme pasaron las semanas.

El resto tuvieron que averiguarlo en el centro de acogida de menores. Y ahí, al estar todo mucho más registrado, es donde encontraron información sobre los episodios en los que parecía irse a otro sitio. Luego empeoró y se comportaba como si fuera otra persona. En el centro de acogida nunca supieron las causas. Debido al mal tratamiento que recibía, tanto por ignorancia de la enfermedad mental como por el bajo control al que sometían a los menores, acabó desarrollando un cuadro de múltiples enfermedades mentales como brotes psicóticos, ataques maníaco-persecutorios, paranoia, trastorno disociativo de personalidad, etcétera. Fuera a la cárcel o la dejaran aquí encerrada, sus días de aventuras habían terminado. Aquí la inundarían a sedantes y antidepresivos hasta convertirla en un muerto viviente como algunos de los que veía paseando por el jardín.

9 de junio de 2025

El sol le molestaba aun con la mano sobre las cejas. La herida del costado estaba casi curada. La húmeda calidez del césped primaveral subía desde las plantas de sus pies hasta la raíz de su pelo. Un zumbido empezó a sonar en su cabeza. La atraía sin remedio, como los acordes de violín en el inicio de su querida aria de la Reina de la Noche en *La flauta mágica*. Pidió a sus vigilantes que la llevasen hacia los árboles de la zona sur del jardín, para buscar la sombra, dijo, porque de ahí venía ese cautivador sonido. «Quién lo iba a decir, aquí llega el quinto cuerpo del reloj de arena». Buscó con la mirada a su alrededor, con disimulo, hasta que, sentado en un banco del jardín con ambos brazos sobre el respaldo, vio a un hombre con pantalones vaqueros azules, jersey gris claro y chaqueta estilo canadiense de esas de cuadros rojos y negros que le hizo sonar en la mente: «No te preocupes, Marina, yo te ayudaré a salir de aquí».

AGRADECIMIENTOS

A mi familia, que me alientan siempre a seguir escribiendo.

A Melissa, mi amada, que escuchó con paciencia y atención todo el proceso creativo, cambios, correcciones, ocurrencias, etcétera, desde el primer borrador.

A mis mejores amigos, ellos saben quiénes son, que leen todo lo que escribo por absurdo que sea y siempre me preguntan cuál será mi próxima locura.

A Jesús Barrero, porque la idea original surgió en uno de sus talleres de novela negra, aunque esta no lo sea, leyó el primer borrador e hizo magníficas aportaciones.

A mis compañeros de la Soka Gakkai España, por su aliento en las reuniones de diálogo cuando les contaba mis sueños de ser escritor.

ÍNDICE

Este libro se terminó de editar en Granada
en marzo de 2025 por

Aliarediciones

www.aliarediciones.es

info@aliarediciones.es